SKELETON DOUBLE
スケルトンダブル
4
TOKAKU KONDO

SKELETON DOUBLE

スケルトンダブル

PERSONNAGES & RÉSUMÉ

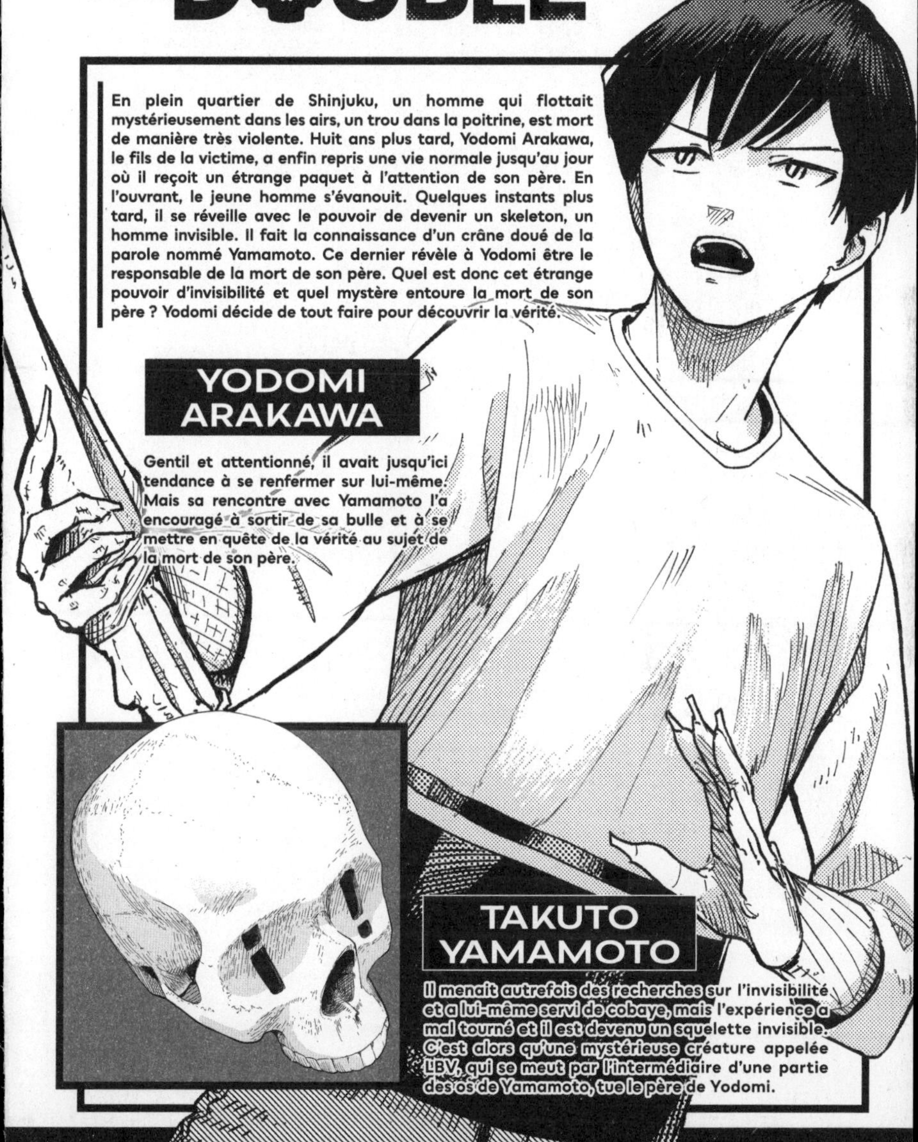

En plein quartier de Shinjuku, un homme qui flottait mystérieusement dans les airs, un trou dans la poitrine, est mort de manière très violente. Huit ans plus tard, Yodomi Arakawa, le fils de la victime, a enfin repris une vie normale jusqu'au jour où il reçoit un étrange paquet à l'attention de son père. En l'ouvrant, le jeune homme s'évanouit. Quelques instants plus tard, il se réveille avec le pouvoir de devenir un skeleton, un homme invisible. Il fait la connaissance d'un crâne doué de la parole nommé Yamamoto. Ce dernier révèle à Yodomi être le responsable de la mort de son père. Quel est donc cet étrange pouvoir d'invisibilité et quel mystère entoure la mort de son père ? Yodomi décide de tout faire pour découvrir la vérité.

YODOMI ARAKAWA

Gentil et attentionné, il avait jusqu'ici tendance à se renfermer sur lui-même. Mais sa rencontre avec Yamamoto l'a encouragé à sortir de sa bulle et à se mettre en quête de la vérité au sujet de la mort de son père.

TAKUTO YAMAMOTO

Il menait autrefois des recherches sur l'invisibilité et a lui-même servi de cobaye, mais l'expérience a mal tourné et il est devenu un squelette invisible. C'est alors qu'une mystérieuse créature appelée LBV, qui se meut par l'intermédiaire d'une partie des os de Yamamoto, tue le père de Yodomi.

Agents du gouvernement, ils recherchent les os invisibles et s'occupent des affaires en lien avec les skeletons. Ils sont à la poursuite de la Compagnie des Gygès.

Groupe de skeletons dirigé par Tatara. Ils mènent des recherches sur les skeletons afin de "skeletoniser" toute l'espèce humaine pour rendre le monde meilleur.

RÉSUMÉ DU TOME PRÉCÉDENT

Yodomi a affronté Heiji Kunikumo et est parvenu à libérer Riho, la petite-fille du vieillard, mais il est gravement blessé et est placé sous contrôle de la CIAS. À son réveil, il accepte la demande du directeur Shiragami afin de servir d'appât et retrouver la Compagnie des Gygès, mais à condition qu'on lui accorde un combat amical contre un membre de la CIAS. Tachibana est alors son adversaire !!

SOMMAIRE

Chapitre 20 YODOMI ARAKAWA 2

CELLULE
INTERVENTION
Chapitre 20
YODOMI
ARAKAWA 2

CELLULE D'INTERVENTI

MONSIEUR ...
JE VAIS ALLER CHERCHER LES AGENTS DISPONIBLES
POURQUOI ?
VOUS NE VOULEZ PAS REGARDER CE COMBAT AVEC MOI ?
ARAKAWA N'EST PAS DANS SON ÉTAT NORMAL !
ET ON IGNORE ENCORE BEAUCOUP DE CHOSES AU SUJET DES OS !
IL VAUT MIEUX STOPPER CE COMBAT...
MÊME SI ON DOIT UTILISER LA FORCE POUR CELA !

LES HUMAINS NE PEUVENT PAS SE TRANSFORMER EN ANIMAUX...
ET MON PÈRE N'EST PAS MORT À CAUSE D'UN PHÉNOMÈNE NATUREL
LES OBJETS MAGIQUES N'EXISTENT PAS NON PLUS

CE MEC A PÉTÉ LES PLOMBS
ARRÊTE !
T'ES CON !
POLICE ! APPELEZ LA POLICE !
APRÈS ÇA, JE N'AI PLUS JAMAIS REGARDÉ INOSAKA DANS LES YEUX
SALLE D'ENTRETIEN AVEC LES PARENTS D'ÉLÈVES

VOTRE FILS RENDS SES DEVOIRS EN TEMPS ET EN HEURE
C'EST UN ÉLÈVE SÉRIEUX
S'IL CONTINUE COMME ÇA, TOUT DEVRAIT BIEN SE PASSER
SALUT, ARAKAWA !
RENTRE BIEN ET FAIS ATTENTION À TOI
QUI EST-CE ?
MON PROF DE SPORT
J'AI OUBLIÉ SON NOM...

SON VISAGE
NE PORTE
PLUS AUCUNE
TRACE DE
MES COUPS

Compus
Compus
W VIERGE 80 PAGES
JE N'AI NI SUPER POUVOIR NI OBJET MAGIQUE
SI JE M'OCCUPE DE LUI SUR LE CHEMIN DE L'ÉCOLE...
DANS UN ENDROIT À L'ABRI DES REGARDS...
ON FINIRA PAR REMONTER JUSQU'À MOI...
CAR JE SUIS LE SEUL À AVOIR UNE RAISON DE FAIRE ÇA

JE N'AI AUCUN ALIBI DERRIÈRE LEQUEL M'ABRITER
DÈS LE MOMENT OÙ JE SERAI SOUPÇONNÉ, JE SERAI FOUTU
ET IL N'Y A PERSONNE À QUI JE POURRAI FAIRE PORTER LE CHAPEAU
APRÈS AVOIR PASSÉ EN REVUE TOUTES LES RAISONS POUR LESQUELLES JE NE DEVRAIS PAS FAIRE ÇA...
JE RÉFLÉCHISSAIS AU CAS DE FIGURE OÙ TOUT SE PASSERAIT SANS ENCOMBRE
SANS M'EN RENDRE COMPTE, C'ÉTAIT DEVENU UNE ROUTINE...
QUE JE RÉPÉTAIS INLASSA-BLEMENT

LE SUSPECT A QUITTÉ LE QUARTIER ET A PRIS LA FUITE EN DIRECTION DE LA ZONE COMMERCIALE...
Un jeune homme poignardé mortellement dans l'ouest de Tokyo
Le suspect a pris la fuite avec un couteau
Il mesure entre 1,70 m et 1,75 m
Il porte une tenue beige
Il s'est enfui en direction de Koganei
UNE ATTAQUE AU COUTEAU...
FAIS ATTENTION À TOI. C'EST DEVENU DANGEREUX, CES DERNIERS TEMPS
CETTE ATTAQUE A EU LIEU DANS LA PRÉFECTURE VOISINE
ON NE CRAINT RIEN ICI. TOUT VA BIEN

Près du croisement de Tsuka
Devant le panneau de Tateishi
LE SUSPECT A POIGNARDÉ UN COLLÉGIEN ET UN LYCÉEN...
Crime dans l'ouest de Tokyo, un collégien
La police recherche le criminel
Un collégien poignardé
Attaque au couteau à Hibarigaoka Machida, dans l'ouest de Tokyo
DEUX TENTATIVES DE MEURTRE AU COUTEAU...
PLUSIEURS CRIMES DANS UNE VASTE ZONE À CHEVAL SUR PLUSIEURS PRÉFECTURES...
L'HOMME EST TOUJOURS RECHERCHÉ...
rimoine culturel
u parc du temple Mancharadô
Gare de Jôhoku-Daigaku
Ligne Tôbu-Tôjô
Ligne Seibu-Yûrakuchô
利用可
Ligne Fukutoshin
Gare de Shin-Sakuradai
Gare de Hikawadai
SI J'AGIS MAINTENANT, JE POURRAIS PEUT-ÊTRE TOUT METTRE SUR LE DOS DE CE TYPE

IL EST LE BOUC ÉMISSAIRE PARFAIT
C'EST UN PARI RISQUÉ, MAIS C'EST L'OCCASION OU JAMAIS...
JE PEUX LE FAIRE

BOMK
ÇA VA TROP LOIN !
IL FAUT TOUT DE SUITE LES ARRÊTER !
MONSIEUR LE DIRECTEUR !
HMM...
CELLULE D'INTERVENTION

TACHIBANA PEUT ATTAQUER DE DEUX FAÇONS DIFFÉRENTES
PREMIÈREMENT, EN PORTANT DES COUPS AVEC LES PARTIES DE SON CORPS QU'IL DURCIT GRÂCE À SON UB
DEUXIÈMEMENT ...
EN UTILISANT SON UB DIRECTEMENT SUR SON ADVERSAIRE POUR LE FIGER
CETTE DEUXIÈME MÉTHODE SERA DÉTERMINANTE

MAIS...
POUR IMMOBILISER UN ADVERSAIRE QUI POSSÈDE PLUSIEURS PARTIES MOBILES AUSSI IMPOSANTES...
IL VA AVOIR BESOIN D'UNE GRANDE QUANTITÉ D'UB...
CE QUI LE METTRA DANGEREUSEMENT À COURT D'ÉNERGIE
CE GAMIN PEUT FABRIQUER DES OS ÉNORMES, N'EST-CE PAS ?
OUI...
ET IL S'EN SERT COMME DES HACHES ET DES BOUCLIERS...
SI JAMAIS TACHIBANA LES DURCIT SANS RÉFLÉCHIR...
KRIP
KRIP
KRAP

KRIK
KRAK
PAASH
IL FOURNIRA À ARAKAWA DE PUISSANTES ARMES QUI SE RETOURNERONT CONTRE LUI

ARAKAWA A COMPRIS QU'IL POUVAIT UTILISER L'UB DE TACHIBANA À SON AVANTAGE...
IL SAIT QUE LA BALLE EST LOGIQUEMENT DANS SON CAMP
C'EST POUR ÇA QU'IL RESTE CALME
VOILÀ POURQUOI JE TIENS À ASSISTER À CE COMBAT JUSQU'À LA FIN
CELLULE D'INTERVENTION

LE LENDEMAIN, LE CRIMINEL N'AVAIT TOUJOURS PAS ÉTÉ RETROUVÉ...
MAIS, COMME LES ATTAQUES AVAIENT EU LIEU DANS UNE AUTRE PRÉFECTURE, L'AMBIANCE EN VILLE N'AVAIT PAS PARTICULIÈREMENT CHANGÉ
ZIP
TOUS LES VENDREDIS, INOSAKA ALLAIT DORMIR CHEZ DES PROCHES, POUR DES RAISONS FAMILIALES
IL PRENAIT UN RACCOURCI EN TRAVERSANT CE TEMPLE...
TOUT SEUL

IL DEVRAIT NORMALEMENT ARRIVER...
PAR CETTE RUELLE
UNE VOIX À L'INTÉRIEUR DE MOI CRIAIT : « ALLEZ, AMÈNE-TOI ! » ...
TANDIS QU'UNE AUTRE SUPPLIAIT : « NON, NE VIENS PAS ! »

SKELETON DOUBLE

スケルトンダブル

Chapitre 21

SI JE LE POIGNARDE SOUS LES CÔTES...
LE SANG GICLERA MOINS QUE SI JE VISE UNE ARTÈRE PRÈS DES REINS
LE MOMENT EST VENU...

HÉ !
OH ! NAKANO !
«MONSIEUR» NAKANO !
QUE FAITES-VOUS ICI ?
JE PATROUILLE
T'AS PAS ENTENDU LES INFOS ? Y A UN TARÉ QUI RÔDE DANS LE COIN

M. NAKANO ...
PROF DE SPORT, APPAREMMENT CÉLIBATAIRE...
PWIIIT
TOUT LE MONDE L'APPELLE JUSTE « NAKANO »
IL N'EST PAS PLUS APPRÉCIÉ QUE ÇA, MAIS LES ÉLÈVES NE LE DÉTESTENT PAS NON PLUS
SES COURS EN INTÉRIEUR SONT UN VRAI BORDEL
C'EST À PEU PRÈS TOUT CE QUE JE SAIS DE LUI
POURQUOI ?!

POURQUOI IL EST LÀ ?
QU'EST-CE QUE...
CE PROF DE NOTRE BAHUT...
FAIT ICI ?

ARAKAWA !
SORS DE TA CACHETTE !!
JE M'EN DOUTAIS...
QUE TU SERAIS LÀ !
FRSH
MA BAGNOLE EST GARÉE PLUS LOIN !
SUIS-MOI !

POURQUOI ?
POURQUOI ?
J'AI BIEN FAIT DE VENIR
CO...
COMMENT AVEZ-VOUS SU ?
LE PORTAIL...
T'ES SORTI PAR LE PORTAIL SUD POUR SUIVRE INOSAKA. D'HABITUDE, TU SORS PAR LE PORTAIL EST
JE ME SUIS DONC DIT QUE C'ÉTAIT PEUT-ÊTRE POUR AUJOURD'HUI...

JE T'AI À L'ŒIL DEPUIS TA BAGARRE AVEC INOSAKA
ARAKAWA...
CE GENRE DE CHOSE SE VOIT SUR TON VISAGE PLUS QUE TU NE LE PENSES
QU'EST-CE QUI M'ATTEND MAINTENANT ?
RIEN
JE NE DIRAI RIEN À PERSONNE

QU'EST-CE QUI VOUS DIT QUE JE NE VAIS PAS REMETTRE ÇA À UNE AUTRE FOIS ?
SI C'EST LE CAS, JE TE TIRERAI LES OREILLES TELLEMENT FORT QUE JE DEVRAI DONNER MA DÉMISSION
VOUS...
VOUS NE ME PRENEZ PAS...
MON COUTEAU ?
POURQUOI ?
T'AS PEUR DE TE BALADER AVEC ?
TU NE FERAS RIEN...
C'EST ÉCRIT SUR TON VISAGE

ÇA...
VOUS NE POUVEZ PAS SAVOIR...
SI, JE SAIS !
PAS LA PEINE D'ÊTRE UN SPÉCIALISTE DES RELATIONS HUMAINES POUR COMPRENDRE LES AUTRES, PETIT !
C'EST DU FEELING ! DE L'INTUITION !
TU TE CASSES TROP LA TÊTE. T'AS PLUS LES IDÉES EN PLACE !
UN PEU DE SPORT TE FERAIT DU BIEN

CELLULE D'INTERVENTION

FW
OP
TACHIBANA
!!

J'ATTENDAIS QUE TU FASSES UN MOUVEMENT DE GRANDE ENVERGURE !!
UB ! GORGON !
AU MOMENT OÙ IL BALANCERA SON BRAS ET OÙ CELUI-CI SERA À PLEINE VITESSE...
J'ALOURDIRAI BRUSQUEMENT SON EXTRÉMITÉ
KRIK
KRIK
KRAK
ARAKAWA...
TON CENTRE DE GRAVITÉ EST TROP HAUT

VOUP
!!

ZWOUF
UB !
CE SERA LA DERNIÈRE FOIS...
QUE JE TE BLESSE !

ZWOOO

IL ARRIVE À PARER MES OS LES PLUS LOURDS
LES PLUS FINS SONT TROP FRAGILES POUR ATTAQUER
J'AI BESOIN DE VITESSE, DE TRANCHANT ET DE PUISSANCE
JE SUIS PRÊT

TU T'ES ENFIN DÉCIDÉ À VENIR...
T'ES INSCRIT DANS AUCUN CLUB, N'EST-CE PAS ?
INUTILE DE METTRE LE CASQUE !
ATTAQUE-MOI...

COMME SI C'ÉTAIT MOI QUI AVAIS TUÉ TON PÈRE
PEU IMPORTE SI TU N'AS PAS LA TECHNIQUE
IL Y A DES JOURS COMME ÇA OÙ ON A BESOIN DE SE DÉFOULER SI ON VEUT POUVOIR DORMIR
QU'Y A-T-IL ? BRANDIR CE SABRE DE BAMBOU TE FAIT PEUR ?
VAS-Y DE TOUTES TES FORCES !
AUJOURD'HUI... JE SUIS LÀ...
POUR PRENDRE DES COUPS

Diplôme
MONSIEUR...
POURQUOI AVEZ-VOUS FAIT ÇA L'AUTRE JOUR ?
J'AVAIS ENVIE DE PRENDRE UN PEU L'AIR
HONNÊTEMENT, J'AI HÉSITÉ À RENTRER CHEZ MOI ET À PRENDRE UNE CUITE
DIS-TOI BIEN...
QUE LES GARS COMME MOI NE SONT PAS SPÉCIALEMENT RARES
PARFOIS...
ON A ENVIE DE FOURRER NOTRE NEZ...
DANS LES AFFAIRES DES TYPES QUI N'ONT PAS L'AIR D'ALLER BIEN
ÇA ARRIVE À TOUT LE MONDE

...
À CE QU'IL PARAÎT...
LES PARENTS D'INOSAKA ONT DIVORCÉ
OUI, J'AI ENTENDU ÇA...
C'ÉTAIT TENDU ENTRE SES PARENTS, C'EST POUR ÇA QU'IL ALLAIT CHEZ DES PROCHES TOUS LES VENDREDIS...
MAIS T'ES EN TRAIN DE TE DIRE QUE C'EST PAS TES OIGNONS, HEIN ?
LUI AUSSI, IL PENSAIT LA MÊME CHOSE
IL EN AVAIT RIEN À FAIRE DE CE QUI EST ARRIVÉ AU PÈRE D'UN GARS DE SA CLASSE...

DE NOS JOURS, LES GENS NE SE SOUCIENT MALHEUREUSEMENT PLUS DES AUTRES
ILS N'ESSAIENT PAS DE LES COMPRENDRE
OU BIEN S'ILS LE FONT...
ÇA NE FAIT QUE CREUSER DAVANTAGE LE FOSSÉ QU'IL Y A ENTRE EUX
ARAKAWA...
CONTINUE D'AVANCER SANS TE SOUCIER DE QUI TU LAISSES DERRIÈRE
JE SUIS SÛR QU'IL Y A DES PERSONNES QUI REGARDENT DANS LA MÊME DIRECTION QUE TOI
PEU IMPORTE CE QUE TU FAIS, AUSSI INSIGNIFIANT CELA SOIT-IL...
IL Y A TOUJOURS QUELQU'UN QUI TE REGARDE

Diplôme
MONSIEUR...
ET VOUS, DANS QUELLE DIRECTION AVANCEZ-VOUS ?
MOI ?
DÉSOLÉ ! JE N'Y AI JAMAIS VRAIMENT RÉFLÉCHI !
LA SANTÉ AVANT TOUT, PEUT-ÊTRE ...
NON, JE DIS ÇA AU HASARD
ÇA VA TE PARAÎTRE UN PEU BANAL, MAIS...

JE CHERCHE JUSTE UN CHEMIN SUR LEQUEL JE PEUX AVANCER LA TÊTE HAUTE

Chapitre 21

BATTRE LE FER QUAND IL EST CHAUD
GRIK
GRIK
SHPAK
TU M'AS EU...
OH !

SKELETON DOUBLE

スケルトンダブル

EUH...
JE DOIS APPUYER LÀ, C'EST ÇA ?
Chapitre 22
UN GARÇON MODESTE
OUI
C'EST LA LIGNE DU DIRECTEUR
JE TE LAISSE DISCUTER DE LA SUITE AVEC LUI
VOUS ÊTES SÛR ?
VOTRE FORME SKELETON NE S'EST PAS DÉSACTIVÉE...
ET, D'APRÈS LES RÈGLES, VOUS POUVEZ CONTINUER LE COMBAT...

DÉSOLÉ, MONSIEUR LE DIRECTEUR...
IL EST À VOUS
TU AS GAGNÉ
JE SAIS QUAND IL FAUT ARRÊTER ET ACCEPTER LA DÉFAITE
LA PROCHAINE FOIS, S'IL VOUS PLAÎT, N'ABANDONNEZ PAS
ENFIN BON, JE SAIS AU MOINS MAINTENANT ...
QU'IL Y A ICI QUELQU'UN D'HONNÊTE

PROTEGEZ MA MÈRE ET MA SŒUR...
S'IL VOUS PLAÎT !
J'AI COMME UN SENTIMENT DE DEJA-VU...
S'IL VOUS PLAÎT !
?
NON ...
PARDON... JE PARLE TOUT SEUL
JE VAIS ALLER M'ENTRETENIR AVEC TA MÈRE
JE TE PROMETS ...
DE FAIRE MON MAXIMUM

HMM ? QUE FAITES-VOUS LÀ ?
BEAU TRAVAIL !
...
C'EST QUOI CET ATTIRAIL ?

OK...
UMITSUKI ET ÉQUIPES BRAVO 1 À BRAVO 6...
PRÉPAREZ-VOUS À CAPTURER ARAKAWA !
QUOI ?!
?
SI ON VEUT LE CONTRÔLER, C'EST MAINTENANT, PENDANT QU'IL EST FATIGUÉ
VOUS AVEZ DIT QUE VOUS VOULIEZ L'OBSERVER, NON ?!
DU CALME, C'EST JUSTE UNE ASSURANCE
POUR ÊTRE HONNÊTE, JE SUIS CURIEUX D'ENTENDRE CE QU'IL A À DIRE CONCERNANT LES OS...
MAIS...

VU QU'IL NOUS A FAIT CETTE PETITE DÉMONSTRATION ...
J'IMAGINE QU'IL VA NOUS DEMANDER QUELQUE CHOSE EN ÉCHANGE DES INFORMATIONS
REPRENDRE L'ENQUÊTE CONCERNANT SON PÈRE...
PUNIR CEUX QUI ÉTAIENT EN CHARGE DE L'AFFAIRE À L'ÉPOQUE...
OU QUELQUE CHOSE DANS LE GENRE
ON NE VEUT PAS DAVANTAGE DE PROBLÈMES SUR LES BRAS...
N'EST-CE PAS ?
SI LES CHOSES RISQUENT DE S'ENVENIMER ...
ALORS AUTANT EN FINIR TOUT DE SUITE

ARAKAWA ... TU VOULAIS ME DIRE QUELQUE CHOSE ?
OUI... J'AI UNE QUESTION
LE SKELETON QUI PEUT VOIR MON APPARENCE EST ENCORE AVEC VOUS ?
OUI, IL EST LÀ
VOUS PENSEZ... QUE LES ARMES AUTOMATIQUES DES FORCES DE POLICE PEUVENT DÉTRUIRE CES OS ?

IL A COMPRIS QU'ON ALLAIT LE CAPTURER
NON, JE NE CROIS PAS
SANS AVOIR ESSAYÉ...
JE NE PEUX RIEN TE DIRE, PETIT
SI L'ENNEMI UTILISE DES OS...
NOUS DEVONS ADAPTER NOTRE ÉQUIPEMENT ...
AUX SPÉCIFICITÉS DE CEUX-CI
NOUS DEVONS POUR ÇA PROCEDER À DES TESTS
ET VOIR SI TOUT LE MONDE EST CAPABLE D'UTILISER EFFICACEMENT SON ARME
J'AIMERAIS QUE VOUS RASSEMBLIEZ LES SKELETONS DE LA CIAS ET QUE VOUS ORGANISIEZ DES SÉANCES DE TESTS ET DE RECHERCHES
ET JE COOPÉRERAI EN Y PARTICIPANT...
QU'EN DITES-VOUS ?

ON DEVRAIT POUVOIR ORGANISER ÇA
ET...
QUE VEUX-TU EN ÉCHANGE ?
J'AI...
QUATRE REQUÊTES
PARFAIT ! LA DISCUSSION AVANCE...
PREMIÈREMENT, JE VEUX QUE VOUS PARTAGIEZ AVEC MOI TOUTES LES INFOS DE VOTRE ENQUÊTE ACTUELLE SUR LES GYGÈS
SI VOUS GARDEZ CES INFOS SECRÈTES, JE NE POURRAI PAS VOUS FAIRE CONFIANCE
DEUXIÈMEMENT...
JE VEUX QUE VOUS GARANTISSIEZ LA LIBERTÉ ET LA SÉCURITÉ DE YAMAMOTO ET DE YOROIBATA...
AFIN DE POUVOIR LEUR PARLER À TOUT MOMENT

TROISIÈMEMENT ...
JE VEUX UN ACCÈS À TOUTES LES ARCHIVES DES AFFAIRES PRÉCÉDENTES
ET J'AIMERAIS Y JETER UN ŒIL SANS PLUS TARDER
ET QUELLE EST TA QUATRIÈME REQUÊTE ? JE T'ÉCOUTE...
QUATRIÈMEMENT ...
C'EST MOI QUI FIXE LES RÈGLES
PLUSIEURS CONDITIONS SONT NÉCESSAIRES POUR QUE JE PUISSE AGIR...
SANS ÇA, TOUTES LES DISCUSSIONS QU'ON A EUES JUSQU'ICI N'AURONT SERVI À RIEN
ET, EN FONCTION DE LA SITUATION, J'AURAI PEUT-ÊTRE BESOIN DE VOUS FAIRE DES DEMANDES DIFFÉRENTES

JE SAIS QUE J'EN DEMANDE BEAUCOUP...
POC
POC
POC
POC
POC
MAIS JE SERAI INTRANSIGEANT
YODOMI...
ÇA TE DIRAIT D'ALLER FAIRE DU CAMPING PENDANT LES VACANCES ?
ET COMME JE N'AI RIEN FAIT DE TOUT L'ÉTÉ...
JE ME DISAIS QUE CE SERAIT BIEN DE COMMENCER QUELQUE CHOSE...
ET TOI, ARAKAWA ?
TU VOUDRAIS ALLER OÙ CET ÉTÉ ?
JE SUIS INCAPABLE DE DÉCIDER OÙ JE VEUX ALLER PENDANT LES VACANCES...
OU CE QUE JE VEUX MANGER LE SOIR

CET ÉTÉ...
JE VEUX ALLER À LA MER
SI POSSIBLE, À OKINAWA

GARANTISSEZ-MOI DE POUVOIR M'Y RENDRE EN TOUTE SÉCURITÉ
AH ! ET JE VEUX AUSSI ÊTRE PAYÉ POUR MA COOPÉRATION...
HMM... J'ABUSE PEUT-ÊTRE UN PEU, LÀ...
EUH...
NON, C'EST BON
OUBLIEZ CETTE DERNIÈRE DEMANDE
EST-CE TOUT ?
HU HU HU HU HU
HEUREUSEMENT QUE T'ES UN GARÇON MODESTE, PETIT !
POUR LA MER, TU DEVRAIS AU MOINS VISER GUAM !

Nouveau
Plus absorbant !
Libra
Lingettes pour visage
Une peau douce et fraîche
Parfum longue durée
ARAKAWA !
YOROIBATA ...
EST-CE QU'ILS T'ONT FAIT DU MAL ?
C'EST PLUTÔT NOUS QUI EN AVONS BAVÉ...

HEIN ?
QUELLE DRÔLE D'AMBIANCE ?
HU
HU
HU
PFF, TU PARLES...
KLING
ARCHIVES
YOROIBATA...
MONTREZ-LUI LES ARCHIVES
ET RESTEZ POLIE AVEC LUI
QUOI ? TU AS DÉJÀ FINI DE NÉGOCIER ?
SALLES DES ARCHIVES

KSHAC
KSHAC
DÉSOLÉ...
J'AURAIS VOULU TE DEMANDER CONSEIL...
ARCHIVES
MAIS CE N'EST PAS GRAVE... SI T'AS PU RÉGLER ÇA COMME TU VOULAIS, C'EST LE PRINCIPAL
J'AI JUSTE L'IMPRESSION DE SERVIR À RIEN
KSHAC
KSHAC
ET DONC...
TU VEUX VOIR LES DOSSIERS SUR L'AFFAIRE DE TON PÈRE, C'EST ÇA ?
PAR CONTRE, JE TE PRÉVIENS, TU PEUX PAS FAIRE DE COPIES...
OUI, MAIS IL Y A PLUS URGENT
SHAK
SHAK
JE VEUX EN SAVOIR DAVANTAGE SUR TÔRU TATARA
CE TYPE EST LIÉ À TOUTES LES AFFAIRES

Trombone (fabriqué au Japon).

FROP FROP
JE VAIS ALLER PARLER AVEC YAMAMOTO...
POUR VOIR CE QU'ON PEUT FAIRE TOUT EN ÉTANT SOUS LA GARDE DE CES TYPES
LE DIRECTEUR DEVRAIT M'EN DIRE PLUS SUR LA FAÇON DONT IL COMPTE ASSURER NOTRE PROTECTION
TU AS TOUT PRÉVU...
DIS-MOI, JE...
AH ! AU FAIT...
JE VOULAIS TE REMERCIER...
D'ÊTRE VENUE M'AIDER À L'HÔTEL
JE N'AI PAS PU FAIRE GRAND-CHOSE...
DÉSOLÉ DE T'AVOIR INQUIÉTÉE

IL N'A PAS BESOIN DE MOI ICI
APPAREMMENT...
F E
D C
BON, JE VAIS ATTENDRE DEHORS
KSHAC
KSHAC
HMM ?
LA PORTE NE VEUT PAS S'OUVRIR !
ARCHIVES

SBOM
YAAAH !
BO
M
KANATOKO...
QUE...
BL
OM
SHKLANG
ET VOILA ! C'EST OUVERT !

*Thé d'orge

TIENS, TIENS !
CETTE CHÈRE SHÔKO ! T'ES PAS DANS TA CAGE ?
TU T'ES FAIT LA MALLE ?
NE M'APPELLE PAS PAR MON PRÉNOM !
ILS M'ONT LAISSÉE SORTIR
EUH... QUI EST-CE ?
JE TE PRÉSENTE ...
LA TARÉE DE SERVICE
NE L'APPROCHE PAS
C'EST PAS SYMPA DE DIRE ÇA
EN VRAI, TU M'ADORES, N'EST-CE PAS ?
SUZU KANATOKO... DE LA DIVISION DE RECHERCHE ET D'INVESTIGATION
ET TOI...
T'ES QUI ?

スケルトンダブル

SKELETON DOUBLE

COMME LA PORTE ÉTAIT UN PEU DURE...
JE L'AI DÉFONCÉE
Chapitre 23
DES CHOSES À FAIRE ET DES CROCS

JE M'OCCUPE D'EN PARLER AU CHEF...
MAIS, PAR PITIÉ...
NE ME RAJOUTEZ PAS DU TRAVAIL
DÉSOLÉE...
IL N'EST PAS FÂCHÉ ?
JE TE PRÉSENTE...
SUZU KANATOKO
CH'UIS UNE SKELETON, MOI AUSSI
YODOMI, C'EST ÇA ?

ENCHANTÉE
TU PRÉFÈRES LA ROTATION VERS LA DROITE...
OU VERS LA GAUCHE ?
HEIN ?
EUH...
INUTILE DE LUI RÉPONDRE
CETTE NANA RACONTE TOUJOURS N'IMPORTE QUOI
C'EST PAS VRAI, JE SUIS TOUJOURS À MOITIÉ SÉRIEUSE
C'EST UNE RELOU QUI N'A AUCUN SAVOIR-VIVRE
EUH... QU'EST-CE QUE TU MANGES ?
MON DÎNER
UNE FONDUE AU FROMAGE
GNOUP

BON, CE SERA TOUT POUR AUJOURD'HUI
JE SUIS CONTENTE QUE LES CHOSES SEMBLENT ALLER DANS LA BONNE DIRECTION POUR TOI
ÇA, J'EN SAIS RIEN
J'AI TELLEMENT DE TRUCS À PENSER QUE ÇA ME DONNE LA MIGRAINE
HA HA...
EN TOUT CAS, TU PEUX CONTINUER À AVOIR UNE VIE NORMALE
TU NE DOIS PAS LAISSER TOMBER LE LYCÉE

TU LUI AS PARLÉ ?
C'EST PAS TES OIGNONS, KANATOKO !
IL NE TARDERA PAS À COMPRENDRE
TU AS PEUR QU'IL T'EN VEUILLE, C'EST ÇA ?
NON...
C'EST TOUT LE CONTRAIRE

GWIC
CET ÉTÉ, JE VAIS ALLER À LA MER
Wed
木 Thu
金
4
5
9
10
11
12
16
17
19
23
24
DANS TROIS MOIS, LES VACANCES SERONT TERMINÉES
IL NE RESTE PLUS BEAUCOUP DE TEMPS

CHOSES À FAIRE
• Déménager dans l'appart sous protection
Inviter
Ônuki, Suganuma
YUBANA...
T'AS FAIT TES AFFAIRES ?
POURQUOI VOUS AVEZ TOUT DÉCIDÉ SANS MOI ?
JE SAIS QUE C'EST PAS SYMPA. DÉSOLÉ...

MOUAIS...
DE TOUTE FAÇON, MÊME SI J'AVAIS ÉTÉ LÀ, ÇA N'AURAIT RIEN CHANGÉ
ET PUIS JE COMPRENDS RIEN À CES HISTOIRES DE SKELETONS
VOUS N'AVEZ QU'À FAIRE COMME VOUS VOULEZ, MAMAN ET TOI
MAIS SACHE...
QUE JE SUIS EN ROGNE CONTRE VOUS

OH ! LE FRIGO EST PLUS GRAND QUE CHEZ NOUS
ILS ONT DIT QU'ON POUVAIT FAIRE LES COURSES EN LIGNE ET QU'ILS PAIERAIENT TOUT
...
T'AS VU LA SALLE DE BAINS ?
Y A PAS À DIRE, LES APPARTEMENTS RÉCENTS, C'EST QUAND MÊME AUTRE CHOSE
VOICI LA VOITURE QUI VIENDRA VOUS CHERCHER À PARTIR DE DEMAIN
C'EST UN VÉHICULE POUR VIP. ON RISQUE DONC DE VOUS REGARDER D'UN MAUVAIS ŒIL...

GRR... JE SUIS TOUJOURS FÂCHÉE, HEIN !
CROC
CROC
OUI, OUI, D'ACCORD...
FICHE PAS DES MIETTES DANS LE LIT, STEUPLÉ !
Inviter
Préparatifs
Mer
Vêtements
Ônuki, Suganum
ARAKAWA !
J'AI PAS L'INTENTION DE TE DEMANDER D'ENTRER DANS LES DÉTAILS...

UN VOYAGE À OKINAWA AUX FRAIS D'UN GARS QUI VEUT VOUS AIDER APRÈS CE QUI EST ARRIVÉ À TON PÈRE...
C'EST GRAVE DE LA BALLE !
MAIS...
EST-CE QUE ÇA TE SUFFIRA VRAIMENT ?
CE SERA UN ÉTÉ INOUBLIABLE
ON NE VA PAS À LA MER POUR RAMASSER DES COQUILLAGES, MAIS POUR REVENIR AVEC DE PRÉCIEUX SOUVENIRS
DES SOUVENIRS QU'ON AURA ENCORE DANS CINQ ANS, DANS DIX ANS...
IL FAUT QU'ON PUISSE DIRE : « ON L'A FAIT ! »
OUI, CE SERA NOTRE TROPHÉE

IL NOUS FAUT SURTOUT DES NANAS
PAS QUE J'AIE ENVIE DE LES VOIR EN MAILLOT...
MAIS UN ÉTÉ À LA MER SANS GONZESSES, C'EST QUAND MÊME MOYEN !
HI HI HI !
HA HA HA !
IL NE ME VIENT AUCUN NOM EN TÊTE... JE NE VOIS PAS QUI ON POURRAIT INVITER...
TANT PIS !
NON ! NE LAISSE PAS TOMBER !
Mer
Préparatifs
Vêtements
Inviter
Ônuki, Suganuma
À VOIR, PAS SÛR QUE CE SOIT UNE BONNE IDÉE
Terminer rapidement les devoirs

J'AI TERMINÉ LES DEVOIRS DE MATHS QU'ON NOUS A DONNÉS À FAIRE PENDANT LES VACANCES...
ET J'AI RECOPIÉ LES COURS QUE J'AI MANQUÉS...
ÇA M'A PERMIS DE PENSER À AUTRE CHOSE QU'AUX SKELETONS
ÊTRE OCCUPÉ...
ÇA A DU BON

Recopier
Test d'anglais
Mémo
Os
Résumé
Formes
Temps
Apparences
Taille
Proportionnellement inverse ?

EN TERMES DE SENSATION, C'EST COMME QUAND JE GENÈRE DES FIBRES MUSCULAIRES
ÇA PARAÎT BANAL, MAIS L'IMPORTANT, C'EST LA VISUALISATION...
KRIK
KRAK
ENFIN, JE PENSE
AU FAIT, PERSONNE D'AUTRE NE VIENT M'ÉCOUTER ?

HEIN ? ON NE T'A RIEN DIT ?
TSS... QUELQU'UN AURAIT AU MOINS PU TE PRÉVENIR...
OUPS ! DÉSOLÉE
C'EST MOI QUI ÉTAIS CENSÉE LE FAIRE
CETTE FILLE NE M'A PAS L'AIR TRÈS SÉRIEUSE...
TOUT LE PERSONNEL DE LA CIAS EST OCCUPÉ
ON N'A PAS PU TROUVER DE CRÉNEAU POUR RASSEMBLER TOUT LE MONDE
FWOOP
DU COUP, C'EST MOI QUI SUIS CHARGÉE D'EN APPRENDRE LE MAXIMUM SUR LES OS...
ET JE TRANSMETTRAI ENSUITE AUX AUTRES CE QUE J'AI APPRIS
POURQUOI ILS L'ONT CHOISIE ELLE ?
麦茶

BON, OK...
J'AI MIS PAR ÉCRIT TOUTES LES PARTICULARITÉS QUE J'AI RELEVÉES...
T'ES MOTIVÉ, DIS DONC !
À CE TRAIN-LÀ, ON VA METTRE UNE ROUSTE AUX GYGÈS EN MOINS DE DEUX
HEIN ?
QUOI ?
TU VEUX LEUR CASSER LA GUEULE, NON ?
JE VEUX JUSTE ASSURER NOTRE SÉCURITÉ
ILS PEUVENT FAIRE CE QU'ILS VEULENT TANT QU'ILS NE NOUS DÉRANGENT PAS
AVOIR LA HARGNE, C'EST SEULEMENT USANT

MOUAIS, PEU IMPORTE
QUESTION !
PEUX-TU FAIRE UN BÂTON AVEC TES OS ?
UN BÂTON ?
OUI, LE PLUS BASIQUE POSSIBLE
SI, JE PEUX...
MAIS J'AI BESOIN DE PLUS DE TEMPS ET DE CONCENTRATION
PRIK
PRAK
OH !
POURQUOI CETTE FORME ? TU PEUX PAS FAIRE UN TRUC TOUT DROIT ?
DONC CETTE FORME EST PLUS NATURELLE ET PLUS FACILE À GÉNÉRER
KRIK
OK, JE PENSE AVOIR PIGÉ LE TRUC

DU MOINS, GROSSO MODO
PRIK
ON SE FAIT UN PETIT COMBAT...
POUR VOIR ?
BWUM
BWUM
UN INSTANT ! JE NE M'ATTENDAIS PAS À CE QU'ELLE Y ARRIVE AUSSI FACILEMENT...
SI ELLE ME MET UNE RACLÉE...
ÇA VA PAS LE FAIRE...

QUE...

WOUSH

JOLI !
CETTE NANA EST VRAIMENT TARÉE, MA PAROLE !
ZWUF

HA
HA HA HA
HA
HA !!

T'AS UNE SACRÉE PATATE, YODOMI !

BON SANG ! C'EST QUOI TON PROBLÈME ?
C'ÉTAIT PAS LA PEINE D'ALLER AUSSI LOIN !
MON PROBLÈME ?
JE KIFFE TROP CE POUVOIR
ESSAYER DE PARLER AVEC ELLE NE SERT À RIEN...
ÇA TE PLAÎT D'ÊTRE UN SKELETON, YODOMI ?
CE SERAIT MIEUX SI CE POUVOIR N'EXISTAIT PAS
DONC, TU NE DIS PAS DÉTESTER ÇA
UB ...

CROCS ROTATIFS !
ROTATION VERS LA DROITE
VRUIL
BIEN, AU BOULOT !
JE VAIS T'APPRENDRE...
COMMENT SE BATTENT LES SKELETONS

Chapitre 24
PETIT COURS SUR L'INVISIBILITÉ
TACHIBANA...
VOUS SEMBLEZ DISTRAIT
VOUS DEVRIEZ PRENDRE UN PEU DE REPOS
DÉSOLÉ, MONSIEUR
VOUS ÊTES INQUIET POUR ARAKAWA ?
EST-CE BIEN PRUDENT DE LES LAISSER SEULS, TOUS LES DEUX ?
KANATOKO A TENDANCE À POUSSER LE BOUCHON UN PEU TROP LOIN

C'EST JUSTEMENT POUR ÇA QUE JE LES AI MIS ENSEMBLE
ON N'A PAS LE TEMPS D'ÉCRIRE UN PETIT MANUEL EN BONNE ET DUE FORME SUR LES OS
CE QU'IL FAUT POUR OBTENIR UN RÉSULTAT RAPIDEMENT, C'EST UN ESPRIT DE COMPÉTITION...
ET UN INTÉRÊT POUR LES SKELETONS
CHOSES QU'ILS POSSÈDENT TOUS LES DEUX

Chapitre 24
PETIT COURS SUR L'INVISIBILITÉ
RÉFLÉCHISSONS À UN MOYEN SYMPA D'UTILISER LES OS

LE PREMIER QUI MARQUE DEUX POINTS !
COMMENÇONS PAR MONTRER CE QU'ON A DANS LE VENTRE...
POUR PARVENIR À LA VICTOIRE

CROCS ROTATIFS !
UB...
PRIK
PRAK
ELLE A ENCORE BRISÉ MES OS...

SKRAAAAK
QUE...
T'ES DÉJÀ À SEC ?
TA FORME SKELETON S'EST DÉSACTIVÉE
SI TU BOUGES, JE TE BRISE LA NUQUE

*Voir chapitre précédent.

PLUSIEURS PERSONNES PEUVENT AVOIR LE MÊME UB
RETIENS BIEN ÇA
DANS CE CAS, RAISON DE PLUS D'APPRENDRE À MANIER LES OS...
EXACT !
SI DEUX PERSONNES QUI POSSÈDENT LE MÊME UB S'AFFRONTENT, CELLE QUI MAÎTRISE LE MIEUX LES OS PEUT PRENDRE L'AVANTAGE
OK, VOICI MON AVIS CONCERNANT LES OS
PLACER DE L'UB SUR LES OS PEUT FAIRE UNE BONNE ARME...
MAIS L'UTILISATION DES OS RÉDUIT LA DURÉE DE LA FORME SKELETON
FABRIQUER UNE ARME DE TAILLE IMPOSANTE EST DONC RISQUÉ
DE PLUS, COMME LES OS DISPARAISSENT LORSQU'ILS SONT DÉTACHÉS DE NOTRE CORPS, IL N'EST PAS POSSIBLE DE S'EN SERVIR COMME PROJECTILES
ET CONTRE UN ADVERSAIRE QUI NOUS MET HORS COMBAT DÈS L'INSTANT OÙ SON UB NOUS TOUCHE, CE SERAIT JUSTE PRENDRE UN RISQUE INUTILE
AUTREMENT DIT, IL EST INDISPENSABLE DE PRENDRE EN COMPTE NOTRE UB ET CELUI DE SON ADVERSAIRE POUR FABRIQUER UNE ARME EN OS ADAPTÉE

BOMK
QUE...
TU PARLES TROP...
ÇA ME SAOULE
QU'EST-CE QUI LUI PREND TOUT À COUP ?
CETTE NANA EST VRAIMENT FLIPPANTE...
« ALORS LE SEIGNEUR ME DIT : "FILS DES HOMMES, PROPHÉTISE SUR CES OSSEMENTS. DIS-LEUR : OSSEMENTS DESSÉCHÉS, ÉCOUTEZ LA PAROLE DU TOUT-PUISSANT" »...
BLA BLA BLA...
DIXIT LA BIBLE

TU CONNAIS LE MANTEAU MAGIQUE DU TENGU ?
LE MANTEAU QUI REND SON PORTEUR INVISIBLE ?
OUAIS
C'EST UN CONTE POPULAIRE AU JAPON
T'AS SOIF ?
NON, ÇA VA...
ET L'ANNEAU DE GYGÈS ?
J'AI FAIT DES RECHERCHES
D'APRÈS PLATON, CET ANNEAU PERMETTRAIT À SON DÉTENTEUR DE DEVENIR INVISIBLE
IL Y A AUSSI LES DISPARITIONS MYSTÉRIEUSES ...
LES FANTÔMES...
CE MONSTRE QUI SERAIT APPARU DANS UN VILLAGE DU MASSACHUSETTS...
ET CE RITUEL SHINTO QUI CONSISTE À SE BATTRE CONTRE UN ADVERSAIRE INVISIBLE

DANS DE NOMBREUX MYTHES ET LÉGENDES, LE DIVIN ET L'INVISIBLE SONT INSÉPARABLES
TU VEUX DIRE QUE LES SKELETONS FONT PARTIE DE CES HISTOIRES ?
J'AI L'IMPRESSION QU'ON S'ÉGARE...
NON...
ILS N'EN FONT PAS PARTIE
ILS EN SONT LE FONDEMENT
LE COQUILLAGE QUI PERMET DE CRÉER LES SKELETONS A ÉTÉ DÉCOUVERT DANS UNE STRATE DATANT DE LA PÉRIODE DU NÉOGÈNE...
SOIT AVANT L'APPARITION DES PREMIERS HOMMES, DES MYTHES ET DES LÉGENDES

LES PREMIERS DÉTENTEURS DU POUVOIR D'INVISIBILITÉ SONT LIÉS AUX MYTHES ET LÉGENDES
COMME PRATIQUEMENT PERSONNE NE POUVAIT LES VOIR...
ILS SE SONT INSCRITS DANS L'IMAGINAIRE DES GENS ET ONT PRIS LA FORME DE LÉGENDES QUI SE SONT TRANSMISES JUSQU'À AUJOURD'HUI
LES DÉTENTEURS ORIGINELS...
APPARTIENNENT À L'INFIME PARTIE DE L'HUMANITÉ CAPABLE D'UTILISER LE POUVOIR DES OS ET DU SANG
ET ILS ÉTAIENT CE QU'ON APPELLE AUJOURD'HUI DES SKELETONS

DU MOINS, C'EST MA THÉORIE APRÈS AVOIR ÉPLUCHÉ TOUTES LES ARCHIVES
TA TÊTE ME DIT...
QUE TU ES EN TRAIN D'ESSAYER D'ÉVALUER MON QI
HEIN ?
NON, PAS DU TOUT...
TU MENS TRÈS MAL
T'AS VRAIMENT UNE PASSION POUR LES SKELETONS, HEIN ?
OUI...
C'EST LA SEULE CHOSE QUE J'AIME DANS LA VIE
C'EST POURQUOI ...
JE VOUDRAIS QUE TU ARRÊTES DE DIRE QUE CE SERAIT MIEUX SI LES SKELETONS N'EXISTAIENT PAS
ILS SONT MON UNIQUE RAISON DE VIVRE

Y A DONC DES GENS COMME ÇA...
LOIN DE MOI L'INTENTION DE ME DISPUTER AVEC TOI...
MAIS TON EXPLICATION SUR LES SKELETONS ME SEMBLE UN PEU TROP TIRÉE PAR LES CHEVEUX...
HMM ?
REVENONS À NOS MOUTONS
N'Y A-T-IL PAS UNE FORME D'OS PARTICULIÈRE FACILE À CRÉER ?
À MON AVIS, IL EST CLAIR QUE OUI...
ET C'EST PROBABLEMENT UNE FORME...
BASÉE SUR LA STRUCTURE PHYSIQUE DES DÉTENTEURS ORIGINELS
HMM...
LES NINJAS ÉTAIENT PEUT-ÊTRE AUSSI DES SKELETONS
JE VAIS DEVOIR ÉCOUTER SES SORNETTES JUSQU'À QUAND ?

VOICI L'INSECTE PERLE QUE NOUS SOMMES PARVENUS À SYNTHÉTISER
NOUS AVONS REPRODUIT L'EXPÉRIENCE PLUSIEURS FOIS...
MAIS NOUS N'AVONS PAS PU DÉTERMINER LES CONDITIONS DE RÉUSSITE

AUCUNE RÉACTION
APPAREMMENT, CE N'EST PAS ENCORE AUJOURD'HUI QUE JE VAIS POUVOIR DEVENIR UN SKELETON
JE SUIS NAVRÉ
POURSUIVEZ LES RECHERCHES, PRENEZ LE TEMPS QU'IL FAUDRA
JE SAIS QU'IL EST NÉCESSAIRE DE RÉPÉTER LES TESTS
UNE SEMENCE DE SKELETON COMPATIBLE AVEC TOUT UN CHACUN
S'IL ÉTAIT AUSSI FACILE QUE ÇA D'EN CRÉER UNE...
J'IMAGINE QUE LES GYGÈS MÈNERAIENT DES ACTIONS PLUS AUDACIEUSES

ARAKAWA EST-IL TOUJOURS DANS LA SALLE D'ENTRAÎNEMENT ?
C'EST BIENTÔT L'HEURE DE SON ENTREVUE AVEC YAMAMOTO
PARFAIT ! FAITES-LE VENIR PLUS TÔT
JE CROIS SAVOIR POURQUOI LES GYGÈS...
L'ONT PRIS POUR CIBLE
C'ÉTAIT UN MESSAGE DE L'AUDITEUR « FOSSE DES MARIANNES 1 »
TOKYO
Recherche
Se connecter
Time free
West Broadcast Radio
C'EST DÉJÀ L'HEURE DE NOUS QUITTER
CETTE ÉMISSION VOUS A ÉTÉ PRÉSENTÉE PAR...
dans les mains
Lundi 16:30-17:30
STOP
La radio des gens branchés
Partager

TU AS ASSEZ ÉCOUTÉ LA RADIO POUR AUJOURD'HUI
ARAKAWA...
SALUT !
JE VAIS BIEN
ILS VEULENT TE PARLER
J'AIMERAIS T'ENTENDRE ENCORE UNE FOIS
JE VOUS AI DÉJÀ DIT TOUT CE QUE JE SAVAIS

TU AS TOI-MÊME ENVOYÉ UN INSECTE PERLE À ARAKAWA...
CAR TU VOULAIS QU'IL DEVIENNE UN SKELETON
EST-CE BIEN ÇA ?
OUI, COMME JE VOUS L'AI DÉJÀ DIT
AVEC CE CORPS, TU N'AS PAS PU PRÉPARER LE COLIS NI LE TRANSPORTER
TU AS DONC UN COMPLICE...
N'EST-CE PAS ?
OUI
ÇA AUSSI, JE VOUS L'AI DÉJÀ DIT
ET OÙ EST-IL ?
AUCUNE IDÉE
J'AI PASSÉ HUIT ANS CHEZ LUI DANS UNE PIÈCE SANS FENÊTRE
NE DEVRIEZ-VOUS PAS PLUTÔT VOUS CONCENTRER SUR LA PROTECTION D'ARAKAWA ?

L'INSECTE PERLE QUE NOUS AVONS ACTUELLEMENT ...
PEUT TRANSFORMER LES GENS EN SKELETON AVEC UNE PROBABILITÉ DE 0,01%
AUTREMENT DIT, LES PERSONNES ÉLIGIBLES SONT EXTRÊMEMENT RARES
TU DIS AVOIR ENVOYÉ UN INSECTE PERLE CHEZ ARAKAWA...
MAIS L'INSECTE AURAIT TRÈS BIEN PU NE PAS RÉAGIR, PERSONNE N'AURAIT ÉTÉ TRANSFORMÉ...
ET TON PLAN SERAIT TOMBÉ À L'EAU
C'ÉTAIT MÊME LE CAS DE FIGURE DE LOIN LE PLUS PROBABLE
JE DOUTE QUE TU AIES FAIT...
UN PARI AUSSI RISQUÉ

TU ÉTAIS DONC PERSUADÉ QUE L'INSECTE PERLE QUE TU AS ENVOYÉ AVAIT 100% DE CHANCE DE TRANSFORMER UN MEMBRE DE LA FAMILLE ARAKAWA
EST-CE QUE JE ME TROMPE ?
JE ME DIS QUE L'EXPLICATION SE TROUVE PEUT-ÊTRE DU CÔTÉ DES ARAKAWA ET QUE...
NON
VOICI CE QUE M'A DIT MON COMPLICE
CETTE BOÎTE CONTIENT LE DERNIER INSECTE PERLE FONCTIONNEL
MOI, JE NE PEUX PAS L'UTILISER
TAKUTO ...
PRENDS-LE, IL EST À TOI

FONCTIONNEL ?
UN INSECTE QUI PEUT TRANSFORMER N'IMPORTE QUI EN SKELETON
ET YODOMI ARAKAWA A ÉTÉ EN CONTACT AVEC CE SPÉCIMEN
LES GYGÈS VEULENT SKELETONISER L'HUMANITÉ...
ET LEUR REGARD S'EST DONC PORTÉ SUR ARAKAWA
C'EST POUR ÇA QU'IL EST DEVENU LEUR CIBLE
POURQUOI N'AS-TU RIEN DIT ?
JE TE SIGNALE QUE SI TU ES ENCORE EN VIE, C'EST PARCE QU'ARAKAWA A DEMANDÉ À CE QU'ON TE PROTÈGE !

QUI EST TON COMPLICE...
YAMAMOTO ?
JE N'AVAIS PLUS DE CORPS...
ET IL ALLUMAIT TOUS LES JOURS LA RADIO POUR MOI
APRÈS LES VIOLENCES AU SEIN DE NOTRE ÉQUIPE, TOUT LE MONDE ÉTAIT MORT EN LAISSANT DES RECHERCHES INACHEVÉES
ON SE DEMANDAIT CE QU'ON ALLAIT BIEN POUVOIR EN FAIRE

AUJOURD'HUI ...
CE N'EST PLUS QU'UN VIEILLARD TROP AFFAIBLI POUR SUPPORTER UN CHANGEMENT
ARAKAWA ...
JE...
C'EST QUELQU'UN DE BON, N'EST-CE PAS ?
EST-IL TON AMI ?
J'AIMERAIS SAVOIR

SON COMPLICE SERAIT...
KÔRI HAMADA, 94 ANS
IL VIT PRÈS DE LA MER, DANS UNE RÉGION OÙ LA PLUIE EST RARE EN ÉTÉ...
ET OÙ ON CAPTE LES ONDES AM DE JAPAN WEST BROADCAST
Hamad
Skeleton [x]
Détails – Dossier 4, 16 pages
La section de haute technologie du laboratoire.
pour violation de la loi de contrôl sonnes recherché
en tant que meneur au sein de la soupçonnées de
des échanges avec plusieurs an ne des possibilité
APPAREMMENT, C'EST TOUT CE QUE SAIT CE CRÂNE
C'EST PEUT-ÊTRE JUSTE MON INSTINCT D'ANCIEN INSPECTEUR...
MAIS JE PENSE QUE YAMAMOTO NOUS A DIT TOUT CE QU'IL SAVAIT

HAMADA A EN SA POSSESSION DE NOMBREUX ANCIENS DOSSIERS
NOUS DEVONS LE METTRE SOUS NOTRE PROTECTION...
CE N'EST PAS DIT QU'ON LE RETROUVE
IL A DISPARU DEPUIS HUIT ANS
QUE DIT VOTRE INSTINCT D'INSPECTEUR ?
N'EST-IL PAS EN TRAIN DE VOUS MURMURER DE LE CAPTURER ?
AU MÊME MOMENT...

DEUX JOURS PLUS TÔT...

Chapitre 25 LES TYPES DE LA VOIE OPPOSÉE

Chapitre 25

LES TYPES DE LA VOIE OPPOSÉE

451
Four-Five-One
C.D

RAMON...
IL FAUT QU'ON DÉCIDE QUELLE SERA NOTRE PROCHAINE ACTION
VIENS DISCUTER
J'AI FAIT DU CURRY !
AVEC DU BŒUF, EN PLUS !
JE MANGERAI PLUS TARD
ET DONC ?
COMMENT COMPTES-TU PRENDRE TES RESPONSABILITÉS ?

ON A PERDU DEUX PIONS PAR TA FAUTE
ET MAINTENANT, ILS CONNAISSENT NOS VISAGES
ON NE VA PLUS POUVOIR AGIR INCOGNITO
ÇA FAIT MAL...
D'AVOIR PERDU CE BON VIEUX KUNIKUMO
J'AURAIS PRÉFÉRÉ QU'ON LAISSE LÀ-BAS SEULEMENT CETTE GAMINE QUI NOUS ENCOMBRAIT
TA...
TATARA !
OH ! TE VOILÀ ENFIN !
OÙ EN ÊTES-VOUS ?

INUTILE DE T'EN FAIRE...
RAMON !
ON EST UN GROUPE SOUDÉ !!
ON A UNE PISTE...
TU PEUX VENIR VOIR ?
C'EST LA BOÎTE QU'A REÇUE ARAKAWA...
J'AI UTILISÉ MON UB POUR FAIRE DES RECHERCHES
UB ASTÉRISM...

Source : geospatial information authority of japan (https://maps.gsi.go.jp/#18/34.550172/136.979489/&base=std&ls=std&disp=1&vs=c0g1j0h0k0l0u0t0z0r0s0m0f1). Document modifié.

Source : geospatial information authority of japan (https://maps.gsi.go.jp/#18/34.550172/136.979489/&base=std&ls=std&disp=1&vs=c0g1j0h0k0l0u0t0z0r0s0m0f1). Document modifié.

AU TRAVAIL, RAMON !
TU VAS ALLER LUI DIRE UN PETIT BONJOUR
CE VIEILLARD A PEUT-ÊTRE CE QUE TU CHERCHES !!

H
BON...
FRS
JE DOIS POSER CETTE ENVELOPPE À UN ENDROIT À L'ABRI DES REGARDS ET DES CAMÉRAS...
ET ENSUITE ENVOYER UNE PHOTO À MISTER T
SH CLIC

80000 YENS JUSTE POUR FAIRE ÇA...
ÇA PAYE CENT FOIS MIEUX QUE MON PROPRE BOULOT
UB...
TRANSFERT DE MATIÈRE !
WOUSH

KAMARA…
DÉSACTIVE TA FORME SKELETON POUR LE MOMENT
ON VA REPÉRER LA CIBLE ET ON ENTRERA À LA NUIT TOMBÉE
OK…
MAIS T'ES SÛR QUE ÇA VA ALLER ?
JE VEUX DIRE, CETTE NANA…
JE L'AI JAMAIS VUE FAIRE AUTRE CHOSE QUE SERVIR LE THÉ
TATARA A DIT QU'IL ALLAIT DÉSORMAIS ME CONFIER DES TÂCHES PLUS DIFFICILES ET QUE JE DEVAIS DONC ME FAMILIARISER AVEC LE TERRAIN
DÉSOLÉ SI MA PRÉSENCE VOUS DÉRANGE

ARRÊTE DE RÂLER !
TOKIWAKO NOUS ACCOMPAGNE QUE TU LE VEUILLES OU NON !
PERDONS PAS DE TEMPS ET METTONS AU POINT UN PLAN !
JE ME CHARGE DE LA CIBLE...
COMME D'HABITUDE
VOUS, VOUS RESTEZ DERRIÈRE MOI
OK, JE SUIS ALLÉ VOIR

C'EST UN BANAL HÔPITAL...
EN SERVICE
IL Y A TROIS MEMBRES DU PERSONNEL...
ET UN INFIRMIER QUI EST PROBABLEMENT DE GARDE
PAR CONTRE, JE N'AI PAS TROUVÉ HAMADA

IL Y A UNE PIÈCE FERMÉE À CLÉ AU 1ER ÉTAGE...
ET UNE TRAPPE DANS L'ARRIÈRE-SALLE DU REZ-DE-CHAUSSÉE
IL Y A DONC PROBABLEMENT UN SOUS-SOL
GARDEZ BIEN EN TÊTE CES TROIS PRIORITÉS
UN : TROUVER HAMADA
DEUX : TROUVER DES OS DE YAMAMOTO, DES DOSSIERS OU DU MATÉRIEL DE RECHERCHE
ET LA TROISIÈME PRIORITÉ ?
M'INFORMER SI VOUS VOYEZ QUELQUE CHOSE D'ANORMAL

PRAK
FWIT
UB : TRANSFERT DE MATIÈRE !
WOUUSH
VOUS DEUX, OCCUPEZ-VOUS DE LA TRAPPE
MOI, JE MONTE À L'ÉTAGE

PLAC
QU'EST-CE QUI SE PASSE ?
...
COMME C'EST LA CAMBROUSSE ICI, JE PENSAIS QU'ILS SE PRÉOCCUPAIENT PAS DE FERMER LES PORTES À CLÉ...
MAIS ILS ONT UN VÉRITABLE SYSTÈME DE SÉCURITÉ...
ET L'ALARME NE S'EST PAS DÉCLENCHÉE ALORS QU'ON A CASSÉ UNE VITRE
PLAC
ÇA SENT PAS BON
ON FERAIT MIEUX DE RESTER SUR NOS GARDES

L'INFIRMIER !
JE ME DISAIS BIEN QUE QUELQU'UN N'ALLAIT PAS TARDER À VENIR RENIFLER DANS LE COIN

ZWOUF
VOUS NE M'AVEZ PAS L'AIR TRÈS NETS...
ET PAS TRÈS OUVERTS À LA CONVERSATION, NON PLUS !
ZWOO
ZWOO
FLAF
JE NE VOUS LAISSERAI PAS TOUCHER UN SEUL CHEVEU DE MON BIENFAITEUR

OÙ JE SUIS ?
HMM ?
QU'EST-CE QUE...

HEIN ?
T'ATTENDS QUOI, SHÔTA ?
ÇA ME REVIENT...
TOUT LE MONDE T'APPELLE !
PAPA...
MON PÈRE S'EST REMARIÉ...
J'AI PAS EU BESOIN D'ARRÊTER LE BASEBALL...
ET J'AI COUPÉ LES PONTS AVEC LES GARS CRAIGNOS
OUI...
HÉ !
JE ME SOUVIENS...

UN BEAU RÊVE EST ENCORE PLUS EFFICACE QUE DE LA MORPHINE
UB : SANDMAN !
PROFITEZ BIEN...
DE VOTRE DERNIÈRE NUIT

スケルトンダブル

SKELETON DOUBLE

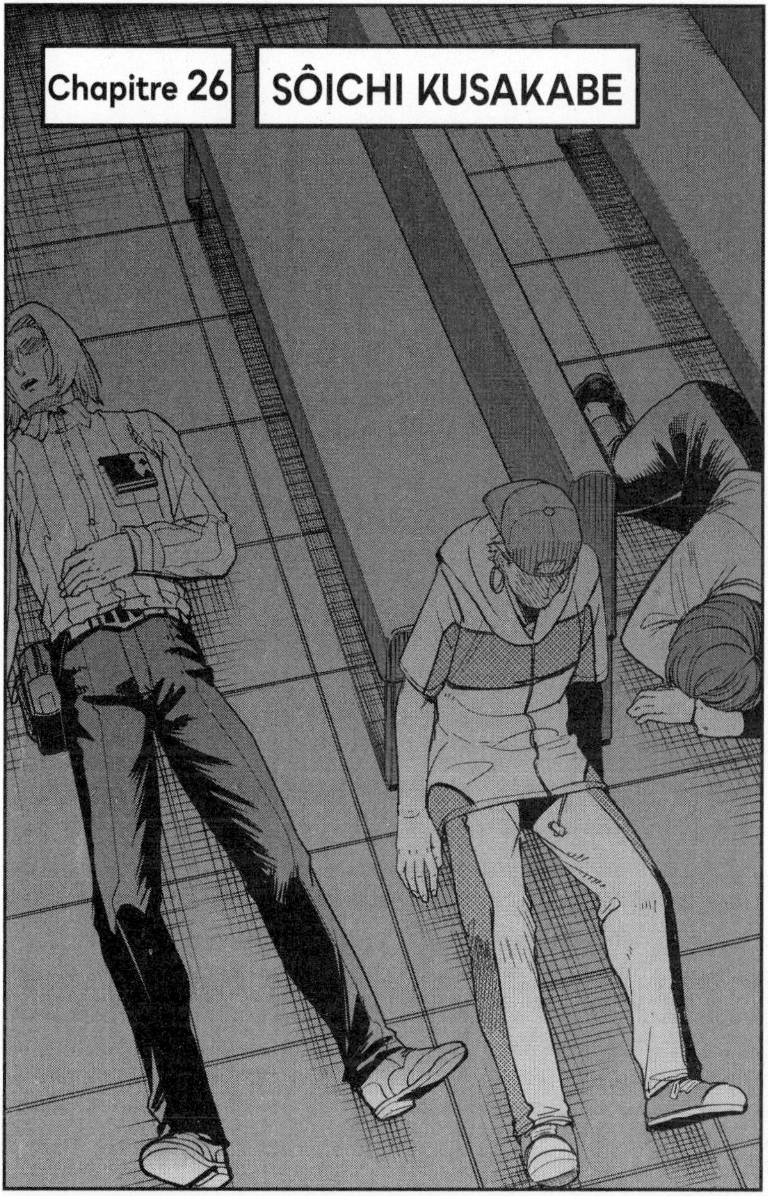

Chapitre 26
SÔICHI KUSAKABE

QU'AS-TU PENSÉ...
DU FILM ?

BOF...
C'EST BON, JE PEUX ME CASSER ?
POURQUOI ES-TU SI FROID ?
TU PEUX BIEN ME DONNER TON AVIS SUR LE FILM, NON ?
CE N'EST PAS CHER PAYÉ POUR QUE JE GARDE LE SILENCE SUR TA TENTATIVE DE SUICIDE
TSS... T'ES ENTRÉE CHEZ MOI SANS PERMISSION
TU AS PERDU TES PARENTS, TU NE VIENS PLUS EN COURS NI AU CLUB ET TU NE RÉPONDS PAS AU TÉLÉPHONE
C'EST POUR ÇA QUE JE TE CROYAIS MORT

JE VOULAIS FAIRE UNE SORTIE SYMPA AVEC TOI AUJOURD'HUI
EST-CE SI ENNUYEUX QUE ÇA ?
PFF... TU PARLES !
JE TE VOIS VENIR
TU VEUX ME RACOLER DANS TA FICHUE SECTE
J'Y CROIS PAS À CES CONNERIES
ALORS, FOUS-MOI LA PAIX
EXACTEMENT COMME AVEC LES FILMS...
TU DÉTESTES TOUT CE QUE CRÉENT LES HOMMES
LES DIEUX ET LES HISTOIRES SONT DES MENSONGES QUI VONT AU-DELÀ DE LA RÉALITÉ
TU AS UNE SAINTE HORREUR DES CHOSES INVENTÉES UNIQUEMENT POUR SATISFAIRE LES HOMMES...
ET TU PEUX VOIR LES VILS DÉSIRS DE CEUX QUI SE RÉFUGIENT DANS CELLES-CI

N'AI-JE PAS RAISON, KUSAKABE ?
TIENS ! TU DAIGNES ENFIN ME REGARDER

DE NOS JOURS...
NOUS SOMMES TELLEMENT SUBMERGÉS D'INFORMATIONS ...
QU'IL EST IMPOSSIBLE DE TOUTES LES ASSIMILER
LES POLITICIENS N'ONT PAS LE TEMPS D'APPRENDRE À DISTINGUER UN SAVANT D'UN IMPOSTEUR...
ET LE PEUPLE N'A PAS L'INTELLIGENCE NÉCESSAIRE POUR COMPRENDRE SI CE QUE FONT LES POLITICIENS EST BIEN OU PAS
IL N'Y A PERSONNE SUR CETTE TERRE...
CAPABLE DE GUIDER LES HOMMES SUR LE BON CHEMIN
LE MONDE EST DEVENU TROP COMPLEXE ET NÉBULEUX...
POUR QU'UN INDIVIDU PUISSE SAISIR CORRECTEMENT LA RÉALITÉ DE LA SOCIÉTÉ

JE PIGE QUE DALLE À TON CHARABIA
EST-CE LÀ LA DOCTRINE DU DIEU AUQUEL TU CROIS, RYÔMON ?
NON, LA GRANDE ÉGLISE N'EST PAS CE QUE TU CROIS
ELLE SERT SIMPLEMENT À RÉCOLTER DES FONDS...
QUE L'ORGANISATION D'EN HAUT UTILISE POUR LA RECHERCHE
ON Y EST MIEUX QU'À L'UNIVERSITÉ
NOUS AVONS BESOIN DE PERSONNES INTELLIGENTES COMME TOI, KUSAKABE
LA RECHERCHE ?
OUI, POUR QUE CHAQUE INDIVIDU DEVIENNE FORT...
AFIN DE NE PLUS AVOIR BESOIN D'UN SYSTÈME COMPLIQUÉ POUR PROTÉGER LES FAIBLES
JE NE PEUX PAS EN DIRE PLUS À UNE PERSONNE DE L'EXTÉRIEUR

SI JAMAIS TU ES INTÉRESSÉ, TU...
NON !
J'AI HORREUR DE TOUS CES REGROUPEMENTS À LA CON
BON, D'ACCORD ...
JE NE T'EMBÊTE PLUS AVEC ÇA
SI J'INSISTE TROP, TU VAS FINIR PAR ME DÉTESTER
ENFIN BON...
J'ESPÈRE QUE TU VOUDRAS BIEN...
VENIR FAIRE UNE BALADE AVEC MOI DE TEMPS EN TEMPS
J'AIME DISCUTER AVEC LES PERSONNES QUI DISENT CLAIREMENT CE QU'ELLES PENSENT

ÇA VA ?
DÉ...
DÉSOLÉE, KUSAKABE
JE SUPPORTE MAL LA VOITURE
BWUH...
HU HU...
POURQUOI TU RIS ?
EN TE VOYANT FAIRE UNE TÊTE AUSSI MISÉRABLE...
JE ME DIS QUE J'AI BIEN FAIT DE PASSER MON PERMIS

TU N'AURAIS PAS QUELQUE CHOSE POUR QUE JE PUISSE M'ESSUYER ?
T'ES UNE NANA, TU DOIS BIEN AVOIR UN MOUCHOIR, NON ?
TU VOIS, C'EST À CAUSE DE CE GENRE DE REMARQUE QUE TU N'AS PAS D'AMIS...
UN MOUCHOIR...
ON N'AURA QU'À EN ACHETER UN ENSEMBLE, LA PROCHAINE FOIS
EN AVANT !

LA NEIGE...
COMMENCE À TENIR
HU HU...
JE FAIS SOUVENT LE MÊME RÊVE...

C'est l'hiver, je n'ai plus de travail...
Et je me vois mort, sous la neige, au fond d'un caniveau
Les mauvais souvenirs surgissent en boucle dans ma tête...
Mon esprit est hanté pas mon infériorité par rapport aux autres, par toutes les choses que je ne sais pas faire
J'ai horreur des gens
Je ne suis pas fait pour vivre en société
Et c'est pour ça que tu voulais mourir ?
Maintenant que j'en parle, ça paraît tellement stupide

MOI AUSSI...
JE M'IMAGINE PARFOIS MORTE DE SOIF AU BORD D'UNE ROUTE EN PLEIN ÉTÉ
AU FAIT...
NOS RECHERCHES COMMENCENT ENFIN À PRENDRE FORME
ÇA VA ÊTRE INCROYABLE
J'AIMERAIS QUE TU VOIES ÇA
LES GENS COMME NOUS QUI VIVENT SANS SE SOUCIER DE RIEN...
ONT BESOIN D'UN IDÉAL ET D'UN OBJECTIF...
SANS QUOI, NOUS NE POURRIONS RIEN FAIRE

J'AIMERAIS QUE TU VOIES MON RÊVE PRENDRE FORME
PARDON, KUSAKABE ...
JE T'AVAIS PROMIS DE NE PLUS PARLER DE TOUT ÇA
NON, ÇA VA
ÇA NE ME DÉRANGE PAS...
DE PARLER DE CES CHOSES-LÀ ...
AVEC TOI

TRU LU LU LU
TRU LU LU LU
Panasoic
VE-6627-W
RYÔMON !
OÙ ES-TU ?
J'AI ESSAYÉ DE T'APPELER PLUSIEURS FOIS !
16:07
Reproduction de la scène
Un homme en lévitation
154.800
SPÉCIAL 4K
TU AS VU LES INFOS ?
CETTE MORT MYSTÉRIEUSE À SHINJUKU !
C'EST À CAUSE DE NOS RECHERCHES !

JE VAIS DEVOIR RESTER CACHÉE
ON NE POURRA PLUS SE VOIR PENDANT QUELQUE TEMPS
JE NE VEUX PAS QUE TOUT TOMBE À L'EAU
LES CHOSES N'AURAIENT PAS DÛ SE PASSER COMME ÇA
MAIS LES POSSIBILITÉS DÉPASSENT TOUT CE QUE J'AURAIS PU IMAGINER
JE VAIS TE DONNER LE MOT DE PASSE DE MON ORDINATEUR
J'AIMERAIS QUE TU JETTES UN ŒIL À MES DONNÉES ET QUE TU ME DISES CE QUE TU EN PENSES
CHERCHE LE DOSSIER...
« INVISIBILITÉ »

HA HA ! JE T'AI EU !
QUE...
HEIN ?
HU HU...
TU AS PANIQUÉ, AVOUE !
C'EST LE 1ER AVRIL AUJOURD'HUI...
TU AS OUBLIÉ ?
SHAK
UN... UN POISSON D'AVRIL...

HMM ?
TU AS L'AIR CONTENT
C'ÉTAIT JUSTE...
UNE FARCE...
JE PENSAIS QUE TU ME FERAIS LA TÊTE
ENFIN BON, JE SUIS CLAQUÉE
ON VA MANGER DEHORS ?
HMM ?
NON...
CE MOUCHOIR NE DEVRAIT PAS ÊTRE LÀ...

TOUT VA BIEN, REPOSEZ-VOUS
ILS ONT PROBABLEMENT ÉTÉ ENVOYÉS PAR LE GOUVERNEMENT OU PAR TATARA...
QU'ALLONS-NOUS FAIRE ?
JE LES AI ENDORMIS AVEC MON UB
ILS NE SONT PAS PRÈS DE SE RÉVEILLER

JE CONNAIS UN ENDROIT OÙ NOUS DÉBARRASSER D'EUX
DEMAIN SERA UN JOUR COMME UN AUTRE
KAC
LES PLONGEURS N'IRONT PAS CHERCHER AU MILIEU DES BLOCS DE LA DIGUE
ELLE NE POUVAIT PAS AVOIR CE MOUCHOIR
POC
KSHAC
PRAK
PRIK

COMMENT A-T-IL PU SE RÉVEILLER ?
ELLE N'A JAMAIS UTILISÉ LES MOUCHOIRS QUE JE LUI AI OFFERTS
JAMAIS...

ELLE N'A JAMAIS RIEN ACCEPTÉ DE MOI
UN PISTOLET ?!
PRIK
CE N'EST QU'UN PISTOLET À AIR COMPRIMÉ...
UN SIMPLE JOUET...
POUR ENFANT
PRIK
MAIS MON UB EST TRÈS EFFICACE DANS CE GENRE DE CAS...
IL ME SUFFIT DE METTRE UNE MINUSCULE GOUTTE DE MON SANG SUR LES BILLES POUR QU'ELLES DEVIENNENT MORTELLES

PAK
PAK
PAK
PAK
UB !

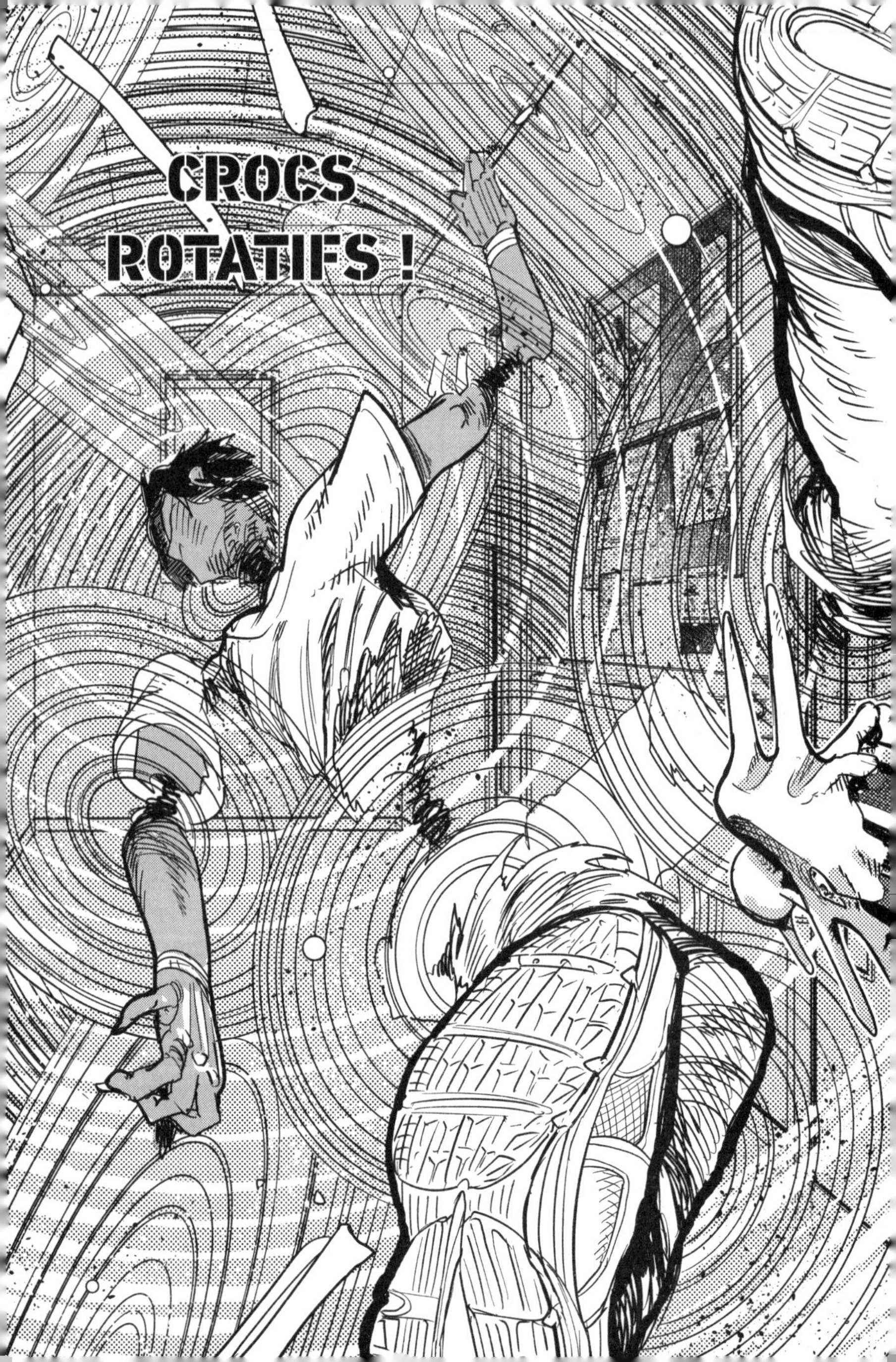
CROCS
ROTATIFS !

UH...
ARGH...
PAK
QUE...
PLOC
PLOC
SPRATCH
J'AI HORREUR DES MENSONGES

TUEZ-MOI, SI VOUS VOULEZ...
PRENEZ MES DOSSIERS...
MAIS JE VOUS EN PRIE...
C'EST LA DERNIÈRE VOLONTE DE CETTE FEMME...
LA CLÉ DU « DOUBLE » ...
S'IL VOUS PLAÎT, REMETTEZ-LA...
À KUSAKABE !!

LA CLÉ DU « DOUBLE » ?
QU'EST-CE QUE C'EST ?
JE L'IGNORE
LA BOÎTE EST SCELLÉE
ELLE APPARTENAIT À UNE FEMME DU NOM DE GAMARI RYÔMON
APPAREMMENT, SEUL SÔICHI KUSAKABE PEUT L'OUVRIR
ELLE DISAIT QUE LE « DOUBLE » ÉTAIT LEUR RÊVE...
SA DERNIÈRE...
VOLONTÉ ...
FWOP
PFF... CETTE FILLE M'AGAÇAIT

SES BLAGUES NE ME FAISAIENT PAS RIRE
ELLE PARLAIT PENDANT DES HEURES...
MAIS ELLE NE PRÊTAIT JAMAIS ATTENTION À CE QUE JE DISAIS
ELLE VOULAIT FAIRE DES SORTIES EN BAGNOLE...
ALORS QU'ELLE NE SUPPORTAIT PAS LA VOITURE...
ELLE VOUS APPELAIT « LE VIEUX KÔRI »
!!
JE SUIS SÔICHI KUSAKABE

CROQUIS PRÉPARATOIRES

VESTE DES AGENTS DE LA CIAS

VESTE DE COMBAT DES AGENTS SKELETONS DE LA CIAS. ELLE A ÉTÉ CONÇUE AVEC UNE EXCELLENTE ÉTANCHÉITÉ AFIN DE PROTÉGER DES ATTAQUES UB, MAIS LES OCCASIONS DE L'UTILISER EN COMBAT SONT RARES. ET ELLE NE SEMBLE, EN RÉALITÉ, PAS SI EFFICACE QUE ÇA. EN PLUS, EN ÉTÉ, C'EST UNE VRAIE FOURNAISE.

« N'IMPORTE QUI PEUT COMMETTRE UN MEURTRE... »
« MAIS LA CAPACITÉ À COMBATTRE REQUIERT UN MENTAL EXTRAORDINAIRE »...
DISAIT TATARA
IL POSSÈDE DES POUVOIRS DE TÉLÉPORTATION, TU DIS ?
Chapitre 27
ENGRENAGE
OUAIS !
ET IL FAISAIT PARTIE D'UNE BANDE DE MALFRATS !
IL EST TRÈS ADROIT DE SES MAINS !
CE P'TIT GARS EST PARFAIT POUR T'AIDER !

*Code d'honneur

Chapitre 27
ENGRENAGE
5:07
Meurtre Daini-Kanishima
Actualités
Nouveau
Compte
Média
Liens
Aucun résultat pour
« Meurtre Daini-Kanishima »
Veuillez essayer d'autres mots-clés ou vérifier si les paramètres de recherche ne bloquent pas le contenu sensible.
HEIN ?
Aa
tubuyakitter.cam

BIZARRE... TOUT À L'HEURE, MA RECHERCHE A POURTANT ABOUTI...
LES INFORMATIONS ONT ÉTÉ SUPPRIMÉES
EN APPRENANT QU'IL S'AGISSAIT DU CORPS DE KÔRI HAMADA, ILS ONT COMMENCÉ À ÉTOUFFER L'AFFAIRE
C'EST LA PREUVE QUE LE GOUVERNEMENT A BIEN COMPRIS LA SITUATION

MAIS BON, C'EST TROP TARD
NOUS AVONS RÉCUPÉRÉ CE DONT NOUS AVIONS BESOIN !!
L'ÉQUIPE DE RAMON A FAIT UNE BONNE PÊCHE, ON PEUT LEUR DIRE MERCI
BIEN, IL EST TEMPS DE VOUS PARLER DE LA PROCHAINE ÉTAPE !!

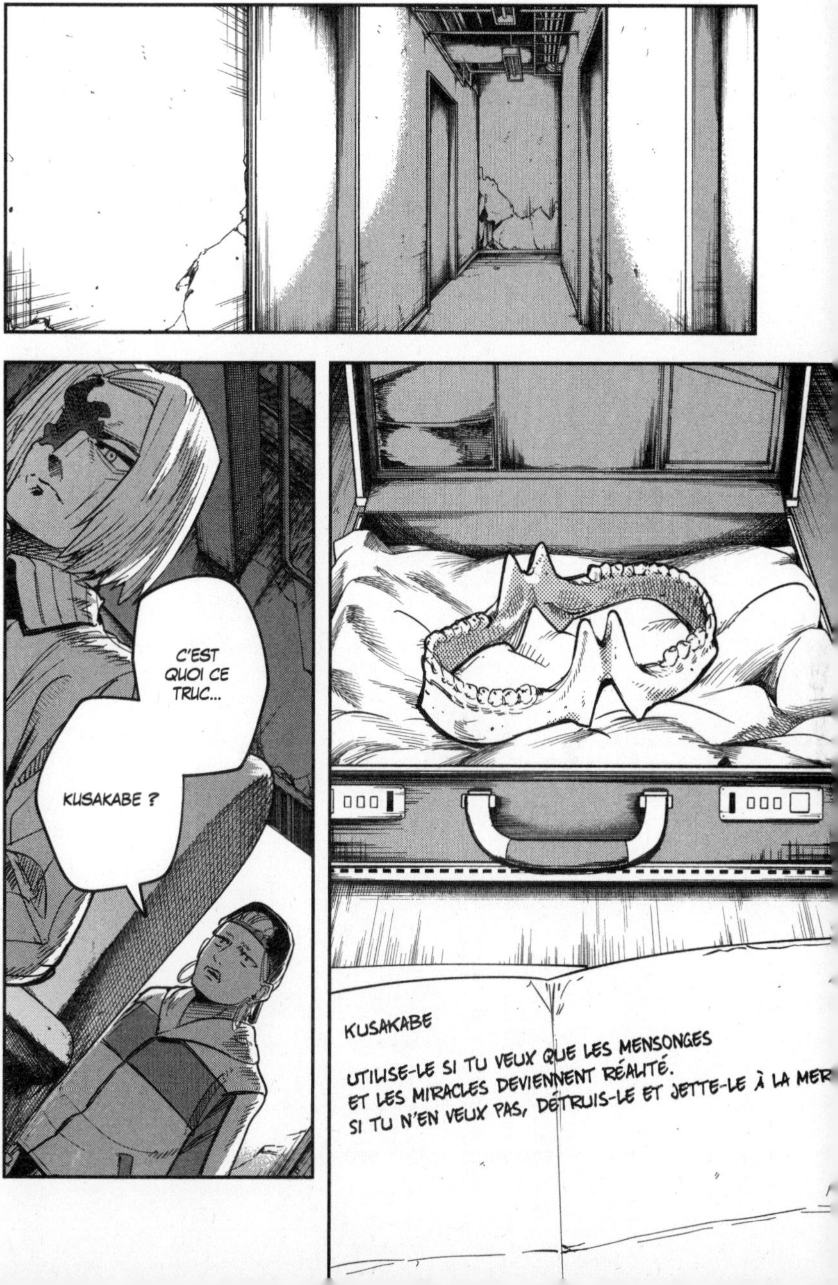
C'EST QUOI CE TRUC...
KUSAKABE ?
KUSAKABE
UTILISE-LE SI TU VEUX QUE LES MENSONGES
ET LES MIRACLES DEVIENNENT RÉALITÉ.
SI TU N'EN VEUX PAS, DÉTRUIS-LE ET JETTE-LE À LA MER

TU N'ES PAS AU COURANT ?
TATARA ET TOI M'AVEZ SEULEMENT DIT...
QUE VOUS ÉTIEZ SUR LES TRACES DES RECHERCHES D'UNE CONNAISSANCE
ET TU AS ACCEPTÉ DE M'AIDER...
EN SACHANT SEULEMENT ÇA
UN VRAI IDIOT
OUAIS, JE SAIS. JE SUIS BÊTE ET PEUREUX

JE L'AI RÉALISÉ RÉCEMMENT
JE SUIS QU'UN PAUVRE TYPE FROUSSARD
C'EST POUR ÇA QUE C'EST PLUS FACILE POUR MOI DE RESTER DERRIÈRE TOI
KAMARA ...
TIENS, VOUS ÊTES LÀ !

ENCORE MERCI POUR TOUT !
À PLUS !
CES DEUX-LÀ...
QUITTENT LES GYGÈS
ÇA NE M'ÉTONNE PAS
LE PLAN DE TATARA EST RISQUÉ

KUSAKABE...
TOI AUSSI, TU FERAIS MIEUX DE PARTIR
T'AS PAS BESOIN DE RESTER AVEC UNE BANDE D'IDIOTS
LES GYGÈS NE FERONT PAS LONG FEU
ET TOI, KAMARA ...
QUE COMPTES-TU FAIRE ?
JE RESTE...
SI JE PARS, JE VAIS REDEVENIR UN PETIT VAURIEN
J'AI REJOINT LES GYGÈS POUR TENTER MA CHANCE

TIENS, JE TE LA DONNE
HEIN ? MAIS QU'EST-CE QUE C'EST ?
UNE CLÉ...
QUI PERMET DE FAIRE APPARAÎTRE...
LA PUISSANCE DES SKELETONS
OH ! C'EST LE TRUC QUE TU CHERCHAIS, NON ?
LA DONNER EST AUSSI UNE FAÇON DE L'UTILISER

J'AI REPRIS LES RECHERCHES D'UNE AMIE...
ET JE PENSAIS FINALISER CETTE CHOSE À SA PLACE...
MAIS ELLE EST DÉJÀ ACHEVÉE
JE NE PEUX RIEN FAIRE DE PLUS
JE PARTIRAI DEMAIN MATIN
NOS CHEMINS SE SÉPARENT DONC ICI
NE DIS RIEN À TATARA

ATTENDS, IL RISQUE DE LE PRENDRE MAL SI TU PARS SANS LUI DIRE AU REVOIR, NON ?
IL A DIT QUE CEUX QUI PARTAIENT...
DEVAIENT LUI LAISSER DU FRIC POUR RESTER EN BONS TERMES
ÉCOUTE...
TATARA EST UN ENGRENAGE...
DANS LE PROCESSUS DE SKELETONISATION DE L'HUMANITÉ
NE DEVIENS PAS SON INSTRUMENT
ET NE LUI FAIS PAS CONFIANCE...
AUTREMENT, IL T'ÉCRASERA

KANBE ESTATE SHINBASHI
KARAOKE
B1F
T'ES SÛR...
QUE TU N'AS PAS BESOIN D'AIDE ?
SI TU RESTES AVEC MOI, ÇA NE FERA QUE COMPLIQUER LES CHOSES
J'AI UNE PLANQUE, T'EN FAIS PAS POUR MOI
BON...
ADIEU, ALORS
T'ES UN BON GARS...
MERCI POUR TOUT

IL AURA JOUÉ LA COMÉDIE JUSQU'AU BOUT !
QUEL PIÈTRE ACTEUR !
FWAP
standard BAR
KRISS

CLING
YO !
BONJOUR, PATRON ! ÇA FAIT UN BOUT DE TEMPS !
LA FORME ?
VOICI VOS PASSEPORTS ET VOS CARTES D'IDENTITÉ
UN VRAI TRAVAIL D'ORFÈVRE
VOUS POUVEZ PARTIR À L'ÉTRANGER, PERSONNE NE LE SAURA
J'AI AUTRE CHOSE POUR VOUS, JE VAIS ALLER LE CHERCHER
JE VOUS OFFRE À BOIRE...
SERVEZ-VOUS
JAPAN

JE NE SAVAIS PAS...
QUE TU AVAIS AUTANT DE CONNAISSANCES
UN VIEIL AMI DU TEMPS OÙ J'ÉTAIS YAKUZA
MON CLAN A AUJOURD'HUI DISPARU
LES TEMPS SONT DEVENUS DURS
IMPOSSIBLE DE SURVIVRE DANS LE MILIEU SI T'AS PAS LES REINS SOLIDES
LA VIE N'EST EN FIN DE COMPTE QU'UNE LOTERIE

TES ORIGINES ET TON INTELLIGENCE DÉTERMINENT TA PLACE
LES JEUNES DONT JE ME SUIS OCCUPÉ AVAIENT TOUS TIRÉ LE MAUVAIS NUMÉRO
EN DEVENANT UN SKELETON, T'AS LE DROIT DE TIRER UN DEUXIÈME NUMÉRO QUI DÉTERMINE TON UB
KLANK
C'EST POUR ÇA QUE T'AS VOULU SUIVRE TATARA ?
PLUS OU MOINS...
MAIS CE TYPE EST TARÉ...
IL AVANCE SUR UNE VOIE OPPOSÉE À CELLE DES HOMMES

ET TOI, KITAYADO ...
POURQUOI AS-TU REJOINT LES GYGÈS ?
MOUAH
JE VOULAIS POUVOIR CHOISIR LA PERSONNE À QUI JE REMPLIS LE VERRE

SHRAP

QUE...
?!
UN SKELETON !
BWARGH

HAA
HAA
NON !
ATTENDEZ !
CE N'EST PAS CE QU'ON AVAIT DIT
JE DEVAIS JUSTE LES FAIRE VENIR ICI
DÉSOLÉ... LA FUITE À L'ÉTRANGER N'EST PAS DANS LES OPTIONS POSSIBLES
ARGH !
SKRAK
BEAU TRAVAIL !
TIENS, METS ÇA !
TU VAS ATTRAPER FROID
L'APPAREIL PHOTO !
VITE !

IL FAUT QUE JE ME DÉPÊCHE DE LA PRENDRE EN PHOTO...
AVANT QU'ELLE MEURE !
CLIC
CLIC
OUF...
SON VISAGE N'EST PAS ABÎME
AH !
JE VAIS AUSSI EN PRENDRE UNE AVEC SES YEUX FERMÉS
CLIC
CLIC
T'ES UNE VRAIE CINGLÉE, TOKIWAKO !
J'AIME ÇA !

*Centre de recherche et d'équipement des forces terrestres. Ministère de la Défense section de Tsukuba Tsuchiura.

FEU !
BANG
Chapitre 28
EN PISTE !

BANG
BANG
STOP !
JE VAIS METTRE DE LA PEINTURE
PSCHIIIT

LES BALLES...
NE PEUVENT PAS TRAVERSER LES OS
NOUS ALLONS DEVOIR REVOIR...
NOTRE ÉQUIPEMENT
SUIVANT !

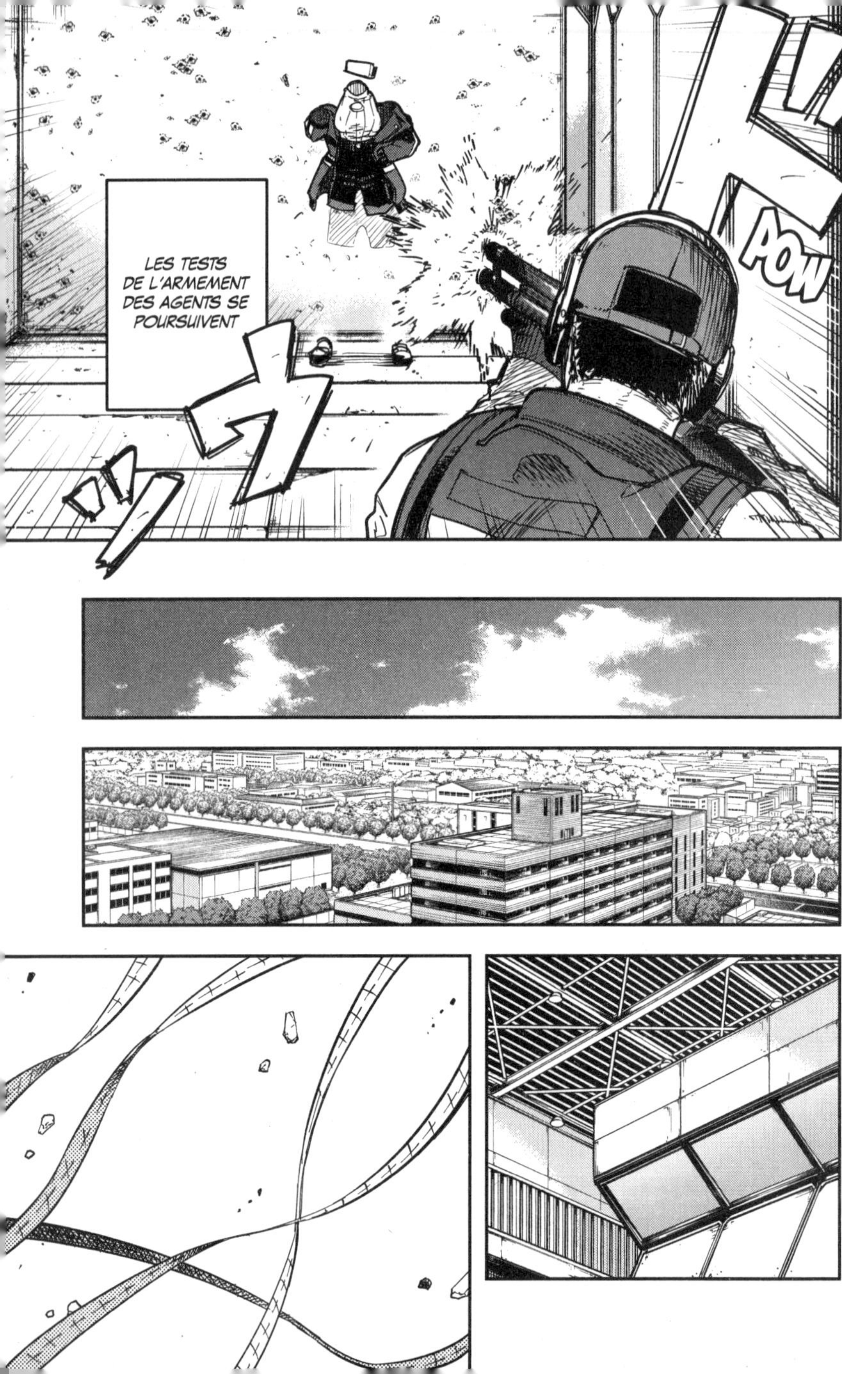
POW
LES TESTS DE L'ARMEMENT DES AGENTS SE POURSUIVENT

RECHERCHE SUR LES POUVOIRS, 3E SÉANCE...

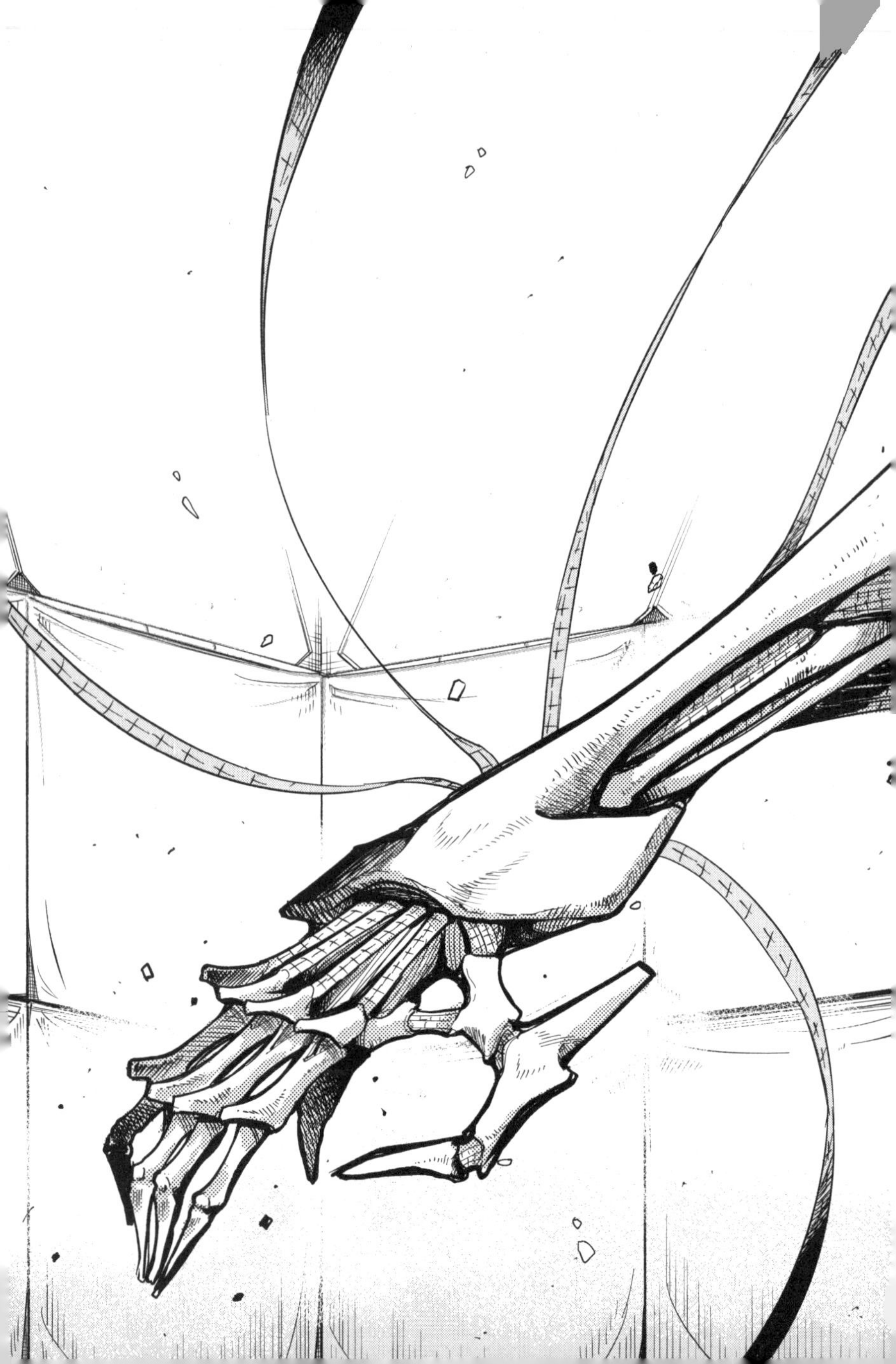

PRIK
PRIK
KRIK
KRAK

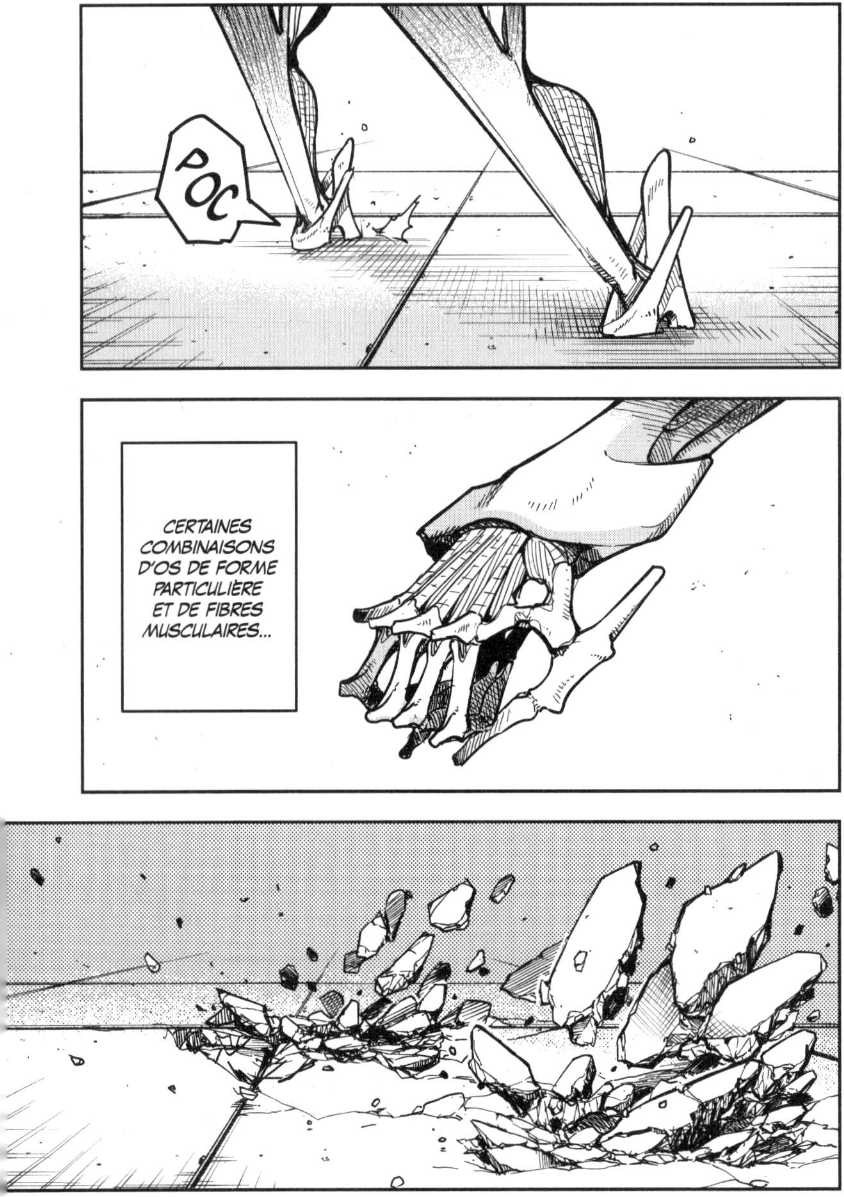
POC
CERTAINES COMBINAISONS D'OS DE FORME PARTICULIÈRE ET DE FIBRES MUSCULAIRES...

OH !

PERMETTENT DE CONSIDÉRABLEMENT AUGMENTER LES PERFORMANCES

FLAP
HMM...
APPAREM-MENT...
C'ÉTAIT MA LIMITE
SHÔKO...
COMBIEN DE SECONDES YODOMI EST-IL RESTÉ TRANSFORMÉ ?
EUH...
12 SECONDES...
HMM...

DÉSOLÉE, YODOMI
ÇA VA PAS LE FAIRE
MOUAIS, JE M'EN DOUTAIS
HÉ !
VOUS POUVEZ M'EXPLIQUER ?
DE QUOI VOUS PARLEZ ?
IL UTILISE TROP D'ÉNERGIE
S'IL EST À SEC APRÈS AVOIR MIS UN COUP, ON NE VA PAS ALLER LOIN
L'UB EST UNE ARME PLUS EFFICACE
D'ACCORD, MAIS C'ÉTAIT QUOI, ÇA ?
J'Y TRAVAILLE ENCORE...
JE ME SUIS INSPIRÉ DES LBV POUR GÉNÉRER CETTE APPARENCE

MA TRANSFORMATION EN SKELETON SE DÉSACTIVE AUSSITÔT, DONC DIFFICILE DE FAIRE DES OBSERVATIONS
MAIS VOILÀ CE QUI ARRIVE QUAND J'ESSAIE DE TROUVER UNE FORME FACILE À FAÇONNER
C'EST POUR ÇA...
QUE J'AI BESOIN DE TON AIDE, YOROIBATA. TU PEUX CONSERVER TA FORME SKELETON UN LONG MOMENT ET J'AIMERAIS QUE TU M'APPRENNES À EN FAIRE AUTANT
KRIK KRIK
GNOUP
HÉ ! C'EST PAS L'HEURE DE FAIRE JOUJOU !

APPAREMMENT, IL Y AURAIT DES GENS PLUS DOUÉS QUE D'AUTRES POUR FAÇONNER LES OS
HAA
HAA
SHTOC

FINALEMENT ...
JE N'AI PAS TROUVÉ COMMENT RÉSOUDRE LE PROBLÈME DE LA CONSOMMATION D'ÉNERGIE...
ET JE ME SUIS DONC ENTRAÎNÉ À GÉNÉRER DES BRAS OSSEUX MOINS ÉNERGIVORES

LA RÉUNION RISQUE DE DURER UN BON MOMENT. TU DEVRAIS PRÉVENIR TA MÈRE
TU M'ÉCOUTES ?
OUI... ...
QUELQUE CHOSE NE VA PAS ?
IL PARAÎT QU'ON A RETROUVÉ...
LE CORPS DE KÔRI HAMADA

TU AS PEUR ?
UN PEU...
JE SAIS...
QUE MA FAMILLE EST SOUS BONNE GARDE, JE VOUS FAIS CONFIANCE ...
MAIS JE COGITE PAS MAL
JE NE CONNAIS PAS LA LIMITE DE MES POUVOIRS...
ET JE ME DEMANDE À QUEL POINT IL FAUDRAIT QUE JE SOIS FORT POUR ÊTRE RASSURÉ
HMM ?
ON S'EN FOUT ! DÉCHAÎNE-TOI, C'EST TOUT !

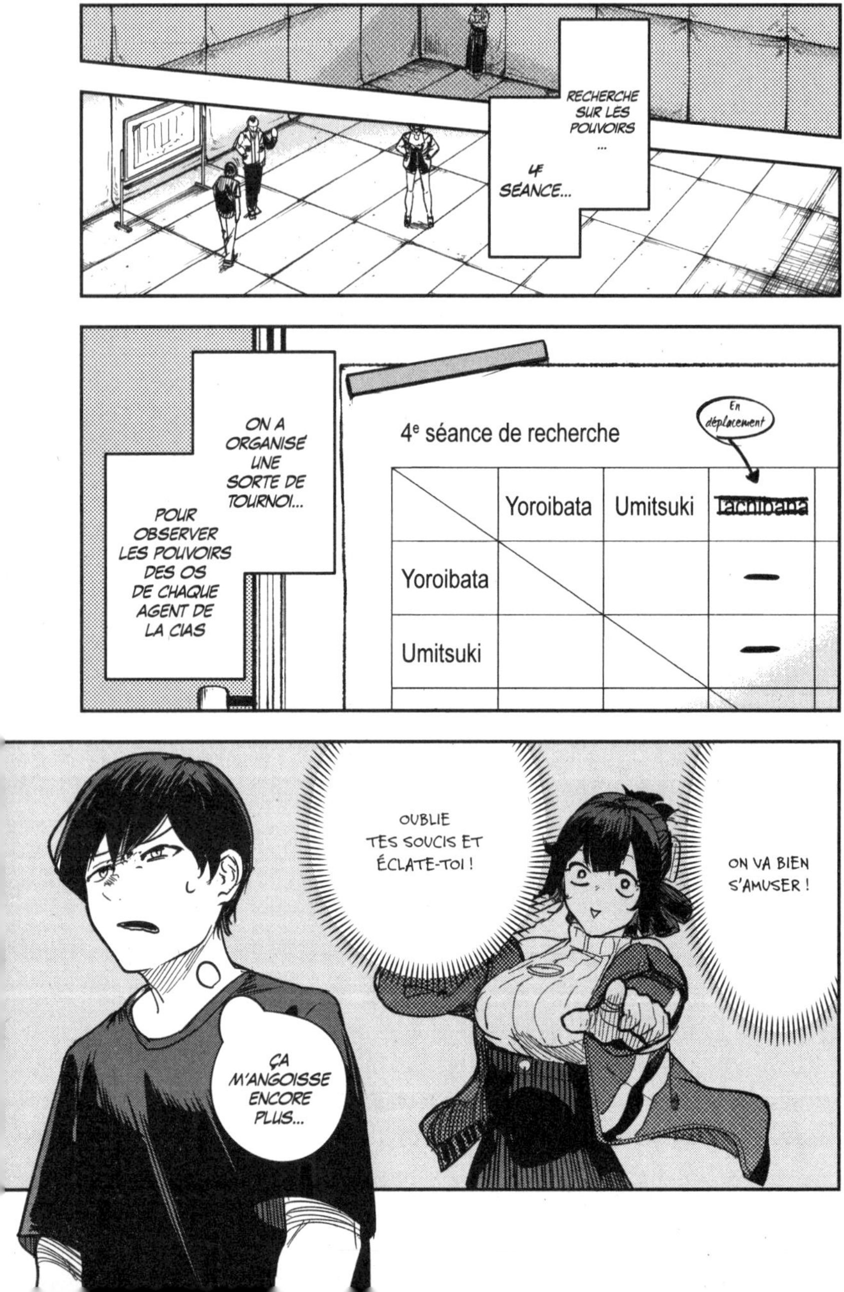
RECHERCHE SUR LES POUVOIRS ...
4E SÉANCE...
ON A ORGANISÉ UNE SORTE DE TOURNOI...
POUR OBSERVER LES POUVOIRS DES OS DE CHAQUE AGENT DE LA CIAS
4e séance de recherche
En déplacement
Yoroibata
Umitsuki
~~Tachibana~~
Yoroibata
Umitsuki
ON VA BIEN S'AMUSER !
OUBLIE TES SOUCIS ET ÉCLATE-TOI !
ÇA M'ANGOISSE ENCORE PLUS...

4e séance de recherche
Yoroibata
Umitsuki
Tachibana
Todoroki
Kanatoko
Arakawa
Victoires
Le gagnant sera le garde du corps de Yodomi !
Et il remportera un voyage à Okinawa tous frais payés !
(Approuvé par le directeur)
Le gagnant sera le garde du corps de Yodomi !
Et il remportera un voyage à Okinawa tous frais payés !
(Approuvé par le directeur)
CES COMBATS...
QUI S'ANNONÇAIENT MONOTONES...
SONT DEVENUS UN EXCITANT TOURNOI AVEC UN VOYAGE À LA CLÉ !
EUH... DANS L'HISTOIRE, JE SUIS LE SEUL QUI N'A RIEN À GAGNER...

*Liqueur d'Okinawa.

J'AI PAS
LE DROIT DE
PERDRE...
T'EN FAIS PAS...
KANATOKO NE POURRA PAS GAGNER

Yoroibata
Umitsuki
[redacted]
Todoroki
Yoroibata
Umitsuki
[redacted]
Todoroki
Kanatoko
Arakawa
BONJOUR...
ON NE SE CONNAÎT PAS ENCORE
JE SUIS LA DERNIÈRE DE L'ÉQUIPE QUI NE S'EST PAS ENCORE PRÉSENTÉE
JE SUIS UMITSUKI DE LA DIVISION DE SÉCURITÉ
ENCHANTÉ, ARAKAWA
ELLE EST PETITE...
AU FAIT, YODOMI...
MÉFIE-TOI D'UMITSUKI

YOROIBATA, IL PARAÎT...
QUE TU EN BAVES POUR APPRENDRE À UTILISER TES OS
LA CIAS A ÉTÉ CRÉÉE IL Y A CINQ ANS
JUSQU'ICI, ON T'A LAISSÉ FAIRE TOUT CE QUE TU VOULAIS...
UNIQUEMENT PARCE QUE TU ÉTAIS LA PLUS FORTE
AH BON ?
ÇA FAIT QUE CINQ ANS ?

4e séance de recherche
Yoroibata
Umitsuki
Yoroibata
Umitsuki
PRÊTS ? COMBATTEZ !
AUJOURD'HUI, IL EST TEMPS DE CHANGER LES CHOSES

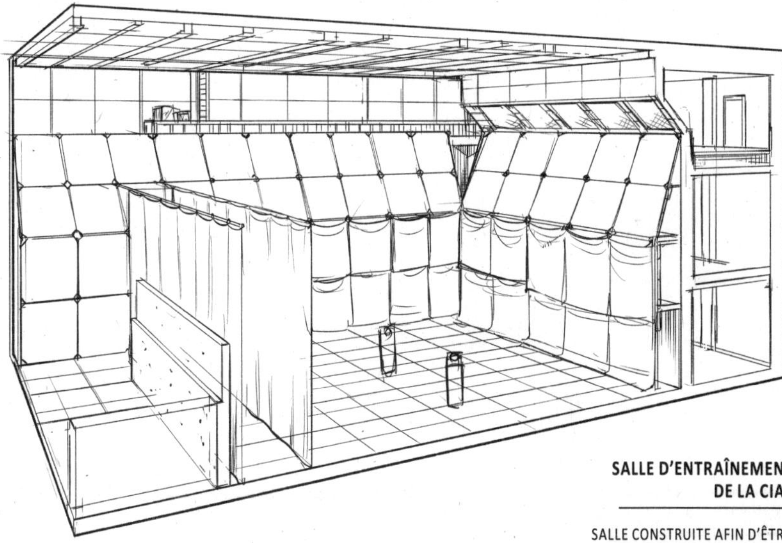

SALLE D'ENTRAÎNEMENT DE LA CIAS

SALLE CONSTRUITE AFIN D'ÊTRE FACILEMENT RÉPARABLE AVEC, SUR LES MURS, DES PANNEAUX RECOUVERTS DE BÂCHES POUR PERMETTRE À L'UB DE S'ACCROCHER

LOGO DE LA CIAS
POUR UNE ORGANISATION SECRÈTE, C'EST UN PEU BIZARRE D'AVOIR SON PROPRE INSIGNE

LOGO DU THÉ D'ORGE QUE BOIT KANATOKO

Chapitre 29
REVIVAL ERROR
Yoroibata
Umitsuki
Todorok
Yoroibata
Umitsuki
CELLULE D'INTERVENTION

QUEL GENRE DE POUVOIR A UMITSUKI ?
TU T'INQUIÈTES POUR SHÔKO, C'EST ÇA ? TU AS PEUR QU'ELLE PERDE ?
EUH... NON...
PEU IMPORTE QUI L'EMPORTERA...
ÇA M'EST ÉGAL...
IL EN A RIEN À FAIRE D'ELLE, QUOI !

TU AS RAISON
PEU IMPORTE LE RÉSULTAT
LE BUT DE CE TOURNOI EST D'ÉCHANGER DES INFORMATIONS
CELLULE D'INTERVENTION
VOIR CE DONT CHACUN EST CAPABLE...
NOUS SERVIRA DE BASE POUR TROUVER DE MEILLEURES IDÉES
LA VIOLENCE EST AUSSI UNE FORME DE COMMUNICATION
TÂCHEZ DE NE PAS TROP VOUS FAIRE MAL
ARAKAWA ...
J'AI UNE INFO POUR TOI

L'UB D'UMITSUKI EST DE TYPE « CONTACT »
ZOUF
SHKLANK
UB ! LÉVITATION !

CELLULE D'INTERVENTION
POC
POC
POC
POC
WUUM
UB !
PORTAIL !

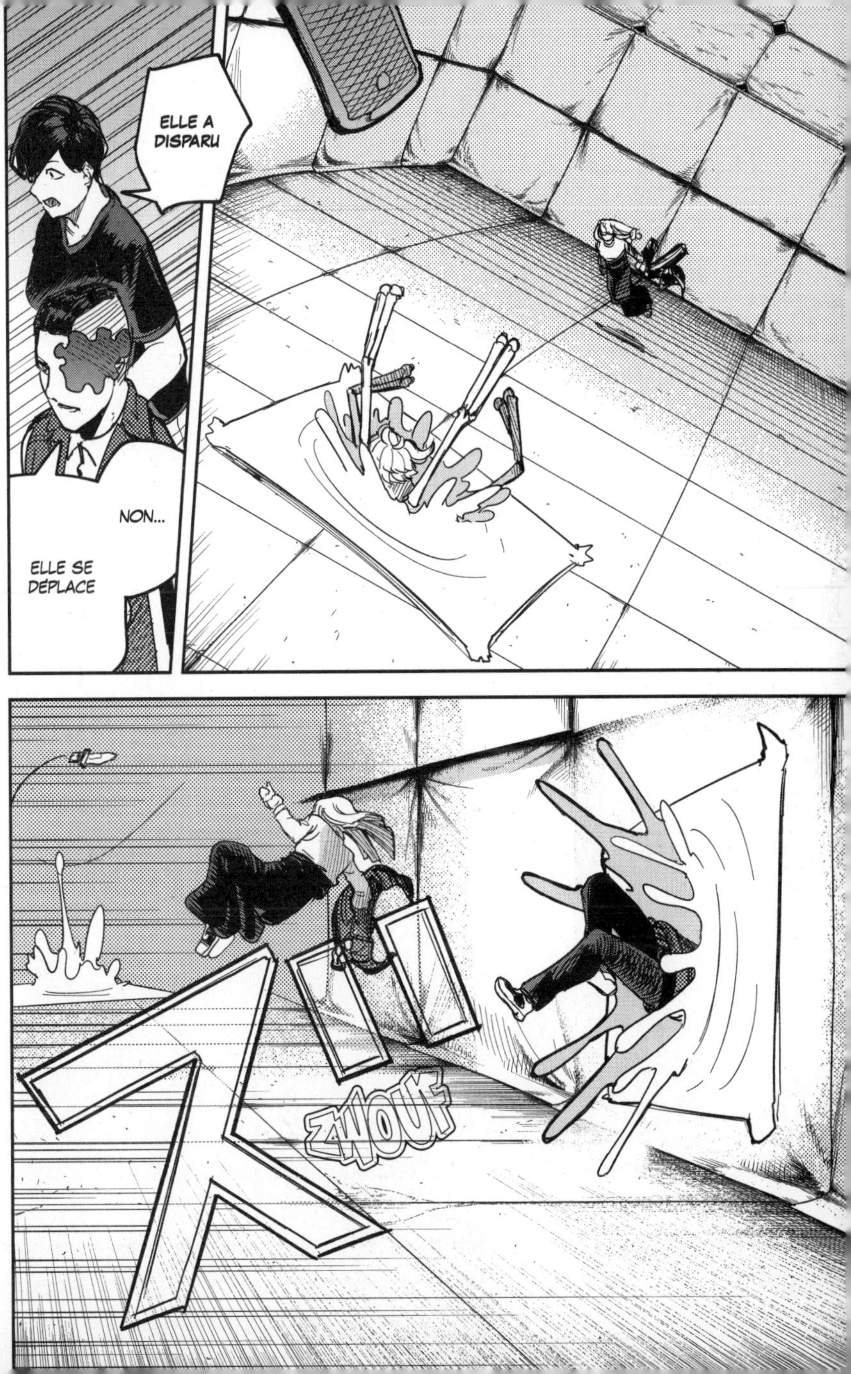
ELLE A
DISPARU
NON...
ELLE SE
DÉPLACE
ZWOUF

STAP
TU AVAIS PLACÉ DES GOUTTES DE SANG DANS L'ARÈNE AVANT MÊME LE DÉBUT DU COMBAT !
L'UB D'UMITSUKI A POUR NOM PORTAIL...
SON UTILISATION EST UN PEU CONTRAIGNANTE MAIS IL OFFRE DE GRANDES POSSIBILITÉS
① PERMET DE CRÉER UN PORTAIL EN PLAÇANT DU SANG À QUATRE ENDROITS
② L'UTILISATEUR PEUT ALLER ET VENIR LIBREMENT ENTRE LES PORTAILS JUSQU'À CE QUE SA FORME SKELETON SE DÉSACTIVE
UNE PORTE PASSE-PARTOUT !
ON AVAIT COMPRIS !
JE VAIS L'ARRÊTER AVEC DES MISSILES DE SANG

MES PORTAILS...
SERVENT AUSSI DE BOUCLIERS
WUSH
ZOUF
ET SI JE LES PLACE TOUT AUTOUR DE MOI...

UB ! PORTAIL × 5 !
JE PEUX CRÉER UNE CAGE DE DÉFENSE PARFAITE
JE SUIS UNE SKELETON NOUVELLE VAGUE

NON...
JE ME DEMANDAIS JUSTE COMMENT TU ALLAIS FAIRE POUR ATTAQUER
TU TE RENDS ?
PRAK
BIEN VU...
TU ES DÉJÀ À COURT D'ÉNERGIE ...
CAR TU AS TROP UTILISÉ TON SANG ET TES OS
KRIK
KRAK

ド
SBROM
ゴ
PROK

...
C'EST QUOI CETTE NANA ?
ELLE A TENDANCE À EN FAIRE TOUJOURS TROP SOUS LE COUP DE L'EXCITATION
TU FERAIS MIEUX DE TE MÉFIER DE CETTE ENQUIQUINEUSE
UMITSUKI EST UN EXCELLENT AGENT DE SECOURS
ELLE NE FAIT PAS PARTIE DE L'ÉQUIPE QUI PROTÈGE TA FAMILLE, NE T'EN FAIS PAS
GLOU
MERCI POUR CES PRÉCISIONS, TODOROKI ...
AU MOINS, JE CROIS QUE JE PEUX COMPTER SUR TOI EN CAS D'ENNUIS...
4e séance de recherche
En déplacement
Yoroibata
Umitsuki
Tachibana
SUIVANT !

YOROIBATA...
JE NE SERAI PAS AUSSI TENDRE QU'UMITSUKI
KRIK
KRAK
ILS N'ONT PAS L'AIR TRÈS COPAINS, CES DEUX-LÀ ?
SHÔKO EST UNE FILLE SOLITAIRE
TU NE PEUX PAS UTILISER D'UB, PAS VRAI ?
TU CROIS VRAIMENT AVOIR UNE CHANCE ?
JE PEUX DÉSORMAIS UTILISER...
MES OS !
EN GARDE !

C'EST TOUT CE QUE VOUS SAVEZ FAIRE AVEC VOS OS, BANDE DE NULS ?
MOI, J'EN AI PAS BESOIN POUR VOUS METTRE UNE RACLÉE !
...
C'EST PAS DU JEU ! SON POUVOIR EST TROP ABUSÉ ! J'AI PAS RAISON, ARAKAWA ?
T'ES SÛRE D'AVOIR COMPRIS LE BUT DE CET EXERCICE ?
HEIN ?
EUH...
OUI...
4e séance de recherche
En déplacement
Yoroibata Umitsuki Tachibana Todoroki Kanatoko
Yoroibata
Umitsuki
Tachibana
Todoroki
VAINQUEUR HAUT LA MAIN : SHÔKO YOROIBATA
SUIVANT !

TU AS BATTU TODOROKI ET UMITSUKI...
ET TU AS PERDU CONTRE KANATOKO AVEC UN MATCH NUL
Tachibana
Todoroki
Kanatoko
Arakawa
SI ON NE TIENT PAS COMPTE DU RÉSULTAT FACE À YOROIBATA...
TU TE DÉBROUILLES PLUTÔT BIEN
MERCI...
MAIS DE QUOI VOULIEZ-VOUS ME PARLER ?
JE T'AI PRÉPARÉ UN PROGRAMME D'ÉTUDES
C'EST INDISPENSABLE AFIN QUE TU PUISSES REJOINDRE OFFICIELLEMENT LA CIAS
RÉFLÉCHIS-Y SI ÇA T'INTÉRESSE

VOUS VOULEZ ME RECRUTER ?
ÇA PERMETTRA DE RÉPONDRE PLUS FACILEMENT À TES DEMANDES
DÉSOLÉ...
MAIS J'AI L'INTENTION ...
DE FAIRE DES ÉTUDES DE BIOLOGIE
JE NE SAIS, PAR CONTRE, PAS ENCORE QUELLE SPÉCIALITÉ PRENDRE
JE VOIS...
C'EST UN CHOIX RAISON-NABLE
ÉTUDIE TOUT DE MÊME MA PROPOSITION À L'OCCASION
CE GARÇON EST DIFFÉRENT DE YOROIBATA

En déplacement
Umitsuki
~~Tachibana~~
MERCI, MESSIEURS
ON LES A TROUVÉS AU PETIT MATIN
DE SIMPLES PASSAGERS QUI SE RENDAIENT À LEUR TRAVAIL
S'IL VOUS PLAÎT, VEUILLEZ TOUS SORTIR

QUATRE VICTIMES...
ARME DU CRIME INCONNUE...
UNE VRAIE BOUCHERIE...
JE VAIS COMMENCER PAR INSPECTER LES IMAGES DES VIDÉOS DE SURVEILLANCE

TENEZ LA PRESSE À L'ÉCART
JE PRENDS L'AFFAIRE EN MAIN
VOUS N'AVEZ PAS ENCORE VU...
TOUTE LA VIDÉO

UN PORTABLE !
Message à la CIAS
○×○—●●××
↑Appelez ce numéro. Désormais, tous nos échanges se feront via ce téléphone
MESSAGE À LA CIAS
○×○—●●××
→ APPELEZ CE NUMÉRO. DÉSORMAIS, TOUS NOS ÉCHANGES SE FERONT VIA CE TÉLÉPHONE
QUI SUIS-JE ?
INDICE : MON NOM COMMENCE PAR UN T...
VOUS EN AVEZ MIS DU TEMPS, JE COMMENÇAIS À ÊTRE LAS D'ATTENDRE
TÔRU TATARA !

VOUS AVEZ ASSASSINÉ KÔRI HAMADA, SON INFIRMIER...
ET QUATRE CITOYENS INNOCENTS !
QUE VOULEZ-VOUS, AU JUSTE ?
TOUT ÇA FAIT PARTIE DU PROCESSUS...
POUR SKELETONISER L'HUMANITÉ
LE PROCHAIN CARNAGE AURA LIEU AUJOURD'HUI À 16H15...
À HIMEJI OU À NAGOYA
TOUT EST DÉJÀ PRÊT
S'IL VOUS PLAÎT ! QUELLE HEURE EST-IL ?
16:10
ET MERDE ! PLUS QUE CINQ MINUTES !!

Chapitre 29 REVIVAL ERROR

HUIT PERSONNES ONT TROUVÉ LA MORT...
DANS DE MYSTÉRIEUSES CIRCONSTANCES

DANS LA SUITE DE L'ACTUALITÉ...
CONCERNANT L'AFFAIRE DES HUIT PERSONNES TUÉES HIER...
LA POLICE N'A TOUJOURS PAS FAIT DE COMMUNIQUÉ OFFICIEL
PLUSIEURS TÉMOINS DISENT AVOIR VU DES CORPS EN LÉVITATION...
CE QUI LAISSE SUPPOSER UN LIEN AVEC L'AFFAIRE SURVENUE IL Y A HUIT ANS

Skeleton double – Fin du tome 4

LES VESTES DE LA CIAS SONT...
EUH... COMMENT DIRE... UN PEU TROP VOYANTES, NON ?
AH ! OUAIS ?
IL Y A UNE RAISON À ÇA
CELLULE D'INTERVENTION
LA CIAS CACHE SA VÉRITABLE NATURE, MAIS ELLE EST SOUVENT AMENÉE À TRAVAILLER AVEC LA POLICE ET L'ARMÉE QUI IGNORENT TOUT DES SKELETONS
OUAH !
ON PRÉFÈRE NATURELLEMENT ÉVITER AUTANT QUE POSSIBLE DE CRÉER LA PANIQUE SI JAMAIS QUELQU'UN VOIT QU'ON A DES TRONCHES INVISIBLES
NOS VESTES SERVENT À AVERTIR QU'ON EST DES AGENTS DU GOUVERNEMENT QUI INTERVIENNENT EN CAS D'URGENCE
ELLES SONT UNE SORTE DE PASSEPORT QUI NOUS PERMET DE NOUS DÉMARQUER SUR LE TERRAIN
ON NOUS RECONNAÎT EN UN COUP D'ŒIL
JE VOIS...
N'EST-CE PAS, TACHIBANA ?
OUI... ET AVEC CES VESTES, ON A AUSSI...
LA MÉGA CLASSE !
OUAIS !
LES JEUNES ADORENT
AU FAIT, LE DESIGN EST DE TACHIBANA ET DU DIRECTEUR
JE VOIS...
CELLULE D'INTERVENTION

Staff tome 4

Décors

Yûki Morooka
Keiiku Shûko
Janku Kaneda
Arakawa

Personnages, croquis préparatoires

Tokaku Kondo

Corde sensible

SKELETON DOUBLE
スケルトンダブル

Collection dirigée par : Grégoire Hellot
Traduction : Frédéric MALET
Lettrage : AQ

Loi n° 49.956 du 16 juillet 1949
Sur les publications destinées à la jeunesse.

ISBN : 979-10-420-1489-6

KUROKAWA
92, avenue de France - 75013 Paris

Dépôt légal : décembre 2024
Imprimé en France par Aubin Imprimeur

#lisez! engagé
Pour plus d'information :
www.lisez.com
Imprimé sur du papier issu de forêts gérées durablement.

KUROKAWA